编怀集

董琨 著

董琨自署

海峡出版发行集团
福建教育出版社

图书在版编目（CIP）数据

缅怀集/董琨著. —福州：福建教育出版社，2024.10. —ISBN 978-7-5758-0140-9

Ⅰ.①I267

中国国家版本馆CIP数据核字第2024AK8781号

Mianhuai Ji

缅怀集

董琨　著

出版发行	福建教育出版社
	（福州市梦山路27号　邮编：350025　网址：www.fep.com.cn
	编辑部电话：0591-83781433
	发行部电话：0591-83721876　87115073　010-62024258）
出 版 人	江金辉
印　　刷	福州印团网印刷有限公司
	（福州市仓山区建新镇十字亭路4号）
开　　本	710毫米×1000毫米　1/16
印　　张	14.5
字　　数	195千字
插　　页	2
版　　次	2024年10月第1版　2024年10月第1次印刷
书　　号	ISBN 978-7-5758-0140-9
定　　价	80.00元（精装）

如发现本书印装质量问题，请向本社出版科（电话：0591-83726019）调换。

董琨，1965年考取北京师范大学生物系生物专业，因"文革"停学改而自学文科，并于1978年考取中山大学古代汉语专业研究生，毕业并获文学硕士学位。后在中央广播电视大学任教，1988年调中国社会科学院语言研究所，曾任语言所业务副所长、学术委员会副主任，现为二级研究员、博士生导师。兼任国家语委咨询委员会委员、全国人大法工委立法用语规范专家咨询委员会委员、国家科技名词审定委员会委员及语言学名词审定委员会主任委员、中国语言学会理事、中国古文字研究会理事、中国文字学会理事，商务印书馆《辞源》第三版修订主编之一，《现代汉语词典》审订委员和主要修订者之一，《现代汉语大词典》主要编者之一。曾主持国家社科基金重点项目《语言学名词》，并主持国家标准《汉语拼音正词法基本规则》（GB/T16159-2012）的起草和修订，此标准后来也成为《汉语拼音正词法基本规则》的国际标准，是我国制定的为数不多的国际标准之一。个人主要著作有《中国汉字源流》、《商周古文字读本》（合著）、《启功评述集稿》、《述学集》等，并编有《启功书法别集》、《启功临黄庭坚二帖》等。

目 录

序一：缅怀者的尊师情结……………………1
序二…………………………………………5
序三…………………………………………7

第一辑　学界师长

春风难忘水悠悠
　　——怀念王了一先生……………………3
回忆吕叔湘先生……………………………11
永远的偶像与丰碑…………………………18
我国优秀道统的模范践行者
　　——读《丁声树文集》有感……………26
容庚先生……………………………………29
商承祚先生…………………………………33
我的导师潘允中先生………………………36
吴三立先生…………………………………41

吴宗济先生……………………………44

杨伯峻先生……………………………48

回忆作为语言文字学家的启功先生………51

回忆与张政烺先生的一次出行……………65

纪念陆先生，学习陆先生…………………68

胡明扬先生……………………………71

陈新雄先生……………………………76

张斌先生………………………………80

马国权先生……………………………84

平生不解藏人善
——缅怀曹先擢先生二三事……………89

李学勤先生……………………………92

李玲璞先生……………………………95

李新魁先生……………………………99

第二辑　璀璨群星

我所认识的郑诵老及其书法………………105

陈次园先生……………………………118

金克木先生……………………………122

萧军先生………………………………124

虞愚先生………………………………127

吴恩裕先生……………………………131

汪曾祺先生……………………………135

沙曼翁先生……………………………139

钱钟书先生
——兼怀栾贵明……………………142
秦似先生……………………147
麦华三先生…………………150
冯其庸先生…………………152
郭子绪先生…………………154
杨德炎先生…………………158

第三辑　桑梓贤哲

心香一瓣献人师……………163
珍贵的来信…………………167
重视研究学生的教育家陈君实…………170
叶可厚先生…………………175
沈觐寿先生…………………179
洪心衡先生…………………182
刘世凯先生…………………185
王传森先生…………………191
我的忏悔
——纪念邹海澜老师…………198
陈英先生……………………202
哭杨森………………………205

后记…………………………214

序一：缅怀者的尊师情结

董琨同志缅怀学界师长的这组文章收录了作者对王力、吕叔湘、丁声树等二十位语言文字学家的缅怀文章，我读了两遍。这二十位前辈师长中，我曾与其中十一位有过或深或浅的交往，其余九位虽然无缘识荆，但他们的大名和学术成就还是有所闻知的，因此逐篇读来，饶有兴致，倍感亲切。

这些文章的重点不在介绍或评价前辈师长们的学术成就，而是侧重记述自己跟他们相识相交的因缘和耳闻目睹的细节，记言、记行、记事，具体而微，生动信实地将前辈师长们的治学经验、思想智慧和道德风范呈现在我们面前。例如王力先生认为研究语言学的人应该有自然科学的训练，应当精通外语。他当年指导中山大学硕士论文时指出：题目太大，应在时间跨度或材料范围上适当缩小，以免不好驾驭。时至今日，王先生的话仍有现实的指导意义。前辈们虽然年资不同，各有专攻，但在执着学术、热心教育、奖掖后学等方面却有着惊人的共同点。为了支持电大《中国古代文化史讲座》课程，王力、启功、李学勤、杨伯峻等一众专家热情襄助。王力先生毫无大学者架子，亲临电大简陋的地下演播室授课；李学勤先生为准备该课程中《古代的礼制和宗法》一讲，认真备课，"费了很大力气才将讲稿写好"。当电大老师为《现代汉语》教材而找到张斌先生时，张先生满口答应，并说干就干。

文章以小见大，有很多细节描写展现了前辈师长的性格特征和优秀品质，如丁声树先生博学多识，年轻时就深受语言学大家赏识和称赞，但在填写履历表中学术专长一栏时他却写道："粗知汉语音韵训诂，略有方言调查经验。"一个"粗知"，一个"略有"，映射出丁先生难以企及的境界。再如吕叔湘先生，1957年"反右派"运动开始时，为了保护时在国外出差的吴宗济先生，他找了些借口让吴先生延迟到运动结束时才回国，使出身不好、经历复杂的吴先生躲过了一劫，何等有爱有智啊！某年，院里有人提出把经济效益极好的《现代汉语词典》从商务印书馆收归本院出版社出版，吕先生不顾压力，明确表示不同意，表现出他刚正、讲信义的品德。启功先生传统文化根基深厚，在鉴别文物字画方面具有一言九鼎的权威性。他睿智、幽默，竟把治病时挂在身上的导尿袋戏称为御赐紫金鱼袋，令人忍俊不禁。吴宗济先生是棵常青树，九十多岁时仍然照常工作、骑自行车上街。他曾在一篇文章中别有思致地把"书画同源"改为"书话同源"，认为草书书写速度在迅缓、连断之间是具有节奏感的，而这种节奏竟然与口语的节奏即语调规则具有某种程度的一致性或曰协调性。文中举了历代著名书法家包括毛主席的草书作品为实例，同时提供了语音学实验中若干发音人的语调记录图形相佐证，具有相当的说服力。另如王力先生"逼妻换铺"，伉俪情深可见一斑；矜惜书法作品的古文字学大家容庚、商承祚先生蔼然满足了无名小辈登门求墨宝的要求；"望之俨然，即之也温"的李新魁先生，既以呼朋唤友大快朵颐为嗜好，却又能宁误手术而不辍学术；逢邀必到，到辄"打头炮"的爽朗、真率的胡明扬先生；任尔等一旁聊天，我自写我的文章的李学勤先生；有时在大操场上举头仰望星空，有时又伏案抄写《说文》小篆的曹先擢先生；唯学为尊，从头到尾听昔日的学生高名凯汉语语法课的洪心衡先生；不打不相识的台湾学者陈新雄先生；循循善诱、宅心仁厚的潘允中先生；家学渊源、著述丰厚而又舐犊情深的杨伯峻先生……这些充满画面感的白描，使一位位师长的形象跃然纸上，令人如聆謦欬，如沐春风，感到无比的温馨，得到了心灵上的洗涤。

另外有趣的是，由于作者秉笔直书，不弃涓滴，一些难入"正史"的逸闻轶事也披露给我们知道，如自学高考《古代汉语》教材署名的内情；陈新雄先生请客时命学生陪侍左右，饭后"打扫战场"；黄侃对他的爱徒傅斯年始则亲如父子，交恶时竟然动手殴打，等等，令人叹为奇闻。如果要写一部现代《世说新语》，以上都是绝好的材料。

董琨同志的缅怀文章固然使我看到了前辈师长们的种种美德，这是不消说的；同时我也从这些文字背后看到了董琨同志尊师重道、为人纯良笃厚的品行。这有点像"你站在桥上看风景，看风景人在楼上看你"（卞之琳《断章》诗句），就是这么个感觉。董琨同志跟丁声树先生没有过任何来往，见到的时候，丁先生已是卧床十年的植物人了。但是出于对丁先生学问和品德的由衷敬仰，他还是觉得自己应该为丁先生写点什么。他花了很多工夫从旧时一些散文、随笔、口述历史和回忆录中搜索勾稽了丁先生的许多往事（有些是很多人闻所未闻的），认真地写了一篇纪念文章，此外还通读了丁先生的文集，写了读后感。试想，如果不是发自内心地敬仰丁先生的学问人品，怎么可能拿出这么多的时间做这样扎实的功课？至于他跟启功先生长达三十五年的忘年之交，更是堪称学界佳话。这种本非师徒胜过师徒，不是父子亲如父子的关系跟"利"字毫不沾边。只是因为彼此对书法、对古文字的酷爱而"同气相求"。在那些受压抑的日子里，两人惺惺相惜，虽关山万重也不能阻断彼此间的牵挂和交流。我想起曾国藩关于交友的话：交趣味者、交德盛者、交胜己者、交惠在当厄者……这不正是他们友情的写照吗？董琨同志曾告诉我，他所收藏的启功先生的这批墨宝，都是启先生多年来主动送他的，他从未张口要过（何等自重、自爱）；而且，启先生过世后，他也从未动过出售一两幅来改善自己的居住条件的念头。他曾为启先生的大著《汉语现象论丛》在内地出简体字版而奔走张罗，为的是要推介启先生以传统文化为根基的对汉语特点的独到体悟，还启先生大书法家之外还是"语言文字学家"的身份，真不愧是启先生的知音。近两年，他花了很多时间著文介绍启先生的学术和书法成就，结集为《启功评述集稿》。他还把自己收藏五十多年的启先生中年到晚年的墨宝编成《启功书法别集》交由文物出版社出版（另外还有《沈尹默赠启功书黄山谷题跋》《启功临黄庭坚二帖》），意在公诸于世，让更多的书法爱好者共赏这些难得一见的精品，其用心不可谓不深也。感恩、学习、传承、发扬，这正是这组缅怀文章的意义所在。

中国人一向尊师重道，古代将"天地君亲师"并列，民间有"一日为师，终身为父"的观念，"程门立雪"的典故读书人大都知晓。当然，对于旧时"师道尊严"的传统我们应该有鉴别地继承。今天新型的师生关系是平等的，师爱徒，徒敬师，"弟子不必不如师，师不必贤于弟子"，在是非真伪等原则问题上，要唯真理是从。但像董文中披露的某学生将老师的讲义冒名出版，某学者"发达"后视昔日的老师如同陌路，不理不睬，这种行为无论如何是有违人伦的。这两桩事虽然比较极端，但在趋利和实用主义风气盛行的时下也绝非个别现象，能不令人痛心乎！

我比董琨同志痴长三岁，曾在中国社科院语言研究所同一届领导班子中共过事，又一起编写《现代汉语大词典》多年。他正直仗义，在我工作艰难之时，挺身而出，给以我宝贵的支持；他兴趣广泛，博览群书，是专家中的杂家、通家；他交游甚广，为朋友谋而尽忠，在组织集体项目中多能呼之即来而用之；他宽仁笃厚，与人为善，但遇到实在看不惯的事情也会金刚一怒，诚性情中人也！他嘱我为这组文章写几句话，我乐于从命，权为序。

江蓝生
2023 年 11 月 30 日

序　二

我素来喜欢读写实的散文，尤其是怀人忆旧的文字，读来倍感温馨亲切。这次读到董琨如此集中饱满而又多姿多样的《缅怀集》，真让我有大饱眼福、大获滋补的快感。

我的读后感，约有三点可说。

其一，回忆或重温经历过的人和事，对于我们每个人都不陌生，怀旧忆往是人之常情。而董琨的缅怀之所以令人印象深刻，缘于其人的多情善感。他通常会很敏锐地发现一个人的优点和价值，认为与之接触交往是难得的恩遇，油然而生珍惜之情，留下深刻的印象。这正可以用集里的一篇标题"平生不解藏人善"来称道他的这一美德。因此他的缅怀，便超越了一般意义上的叙旧回忆，成为值得一生铭记、珍重的德行和教养。

其二，董琨的缅怀并不是对人物只做纯客观的描述，而是更注重主观的抒怀。显然他不是把自己当成传记的作者，他的讲述更像是一次交流，甚至是自悟自语。这样叙他亦叙己的缅怀，便显露出一种见贤思齐的自觉，一种怀人兼修己的德行。读懂了他的缅怀，也读到了董琨其人其行。

其三，我觉得应提倡在中小学的语文教育中，把缅怀当成一种立德和学文并重的修为，训练"立言"的一门写人记事的常课。让学生从小就知道学习他人，敬重他人，并懂得将之形诸笔墨，写好作文。董琨的文笔朴实精炼，绝无雕镂夸饰之态，素描人物的功夫恰到好处。这既得益于他深厚的古汉语修养，更是他的为人本色。《缅怀集》就是一个很好的示范，值得向中学语文教师和中学生推介。

我不知道书序的写法有些什么规矩，只直抒胸臆，有感而作，庶可交卷而已。

陈日亮

甲辰秋分，书于福州一中三牧坊寓所

序 三

董琨先生的《缅怀集》以诚挚之情、精到之笔叙写了他与诸多前辈、名家、师友交游的历历往事。精彩的细节,难忘的场景,令人回味无穷。

书中这些缅怀对象的人生价值对今人有相当的启迪。因为人的一生,特别是阅历不凡的人物身上,包含着丰富的内容。除了人的共同性之外,必有独特本质的人和事,让人魂牵梦萦,也因此,缅怀在道德、历史、心理的层面上都有深刻的涵义。一个人随着人生经历的不断丰富,会伴随着对往事的不尽回首,缅怀之情是微妙的人生体验。董琨先生的笔下将这种情感体验与我们分享,你会自然而然地在那种殊有的氛围中引发沉思与默念。

鉴此,我还是对《缅怀集》的意义感发以下三点。

首先,缅怀是感恩的善举。

很显然,作者文中对许多前辈师长心怀感恩。当人意识到蒙受恩惠的幸福感,一种妙不可言的情绪会让人念念不忘那瞬间发生的一切,烙下一番绵长的回忆。心灵深处的感恩,是行善积德的纯粹,如同一道光,照亮前行的路。学会感恩,就是把真善美化为心田的一泓清水,滋润自己,也滋润他人。知恩感恩而催发缅怀,高山仰止,如沐春风,作者心灵深处的收获,同样会唤起读者的共情。

其次，缅怀是修身的觉悟。

名家师友的楷模形象，无疑让作者深感教益。而楷模的言传身教，纵使吉光片羽，也会永久闪耀。这种思念之情事实上成为自己修身养性的一份内在力量。这时我们会反思自省与楷模的差距，觉悟到人生观的价值。凡是成就了当今，展示出未来的一切成果都会体现于缅怀对心智的磨练。将缅怀对象的功德视为样板，可以帮助我们在生活中找到高尚的坐标。

再次，缅怀是习文的功课。

我这里强调的"习文"，是指不懈写作的意思。作者把缅怀对象的素材经过笔底的精心运作，文情并茂地感动读者，这本身是写作赋予的愉悦。喜欢读书与写作的董琨先生默对芸窗的悠然自得，让我欣慰，让我怀想。法国狄德罗说过，精神的浩瀚，想象的活跃，心灵的勤奋：就是天才。我以为董琨先生便是这样的天才。

欧孟秋

2024 年 9 月

第一辑

学界师长

春风难忘水悠悠

——怀念王了一先生

写下这个题目之前许久，我曾经责问过自己："你有什么资格写这种文章？"确实，我并非正途北大出身。从学术界的辈分（如果可以划分的话）来说，充其量也不过是王先生的"徒孙"以下，写此等文章岂不有挟前辈名流以自重之嫌吗？不过随即想起，20世纪90年代初，在山西太原曾开过一次全国古代汉语学术研讨会。一天下午集体游览晋祠，其间我和北大郭锡良、商务赵克勤、川大向熹等几位老师一起小憩，闲谈中不知怎么说到要为已故的王力先生办纪念会或是出集子的事。记得郭老师曾正色对我说："你也应该算是王先生的学生，也应当出力！"尽管我后来没能出成什么力，办过什么事，但郭老师这句话却让我感到极大的震撼和欣慰，使我铭记不忘。故而今当王力先生百年诞辰即将来临之际，不揣冒昧和浅薄，撰此小文，以表达自己对一代大师的怀念之情。

其实，可以说我从幼年时代起，就已经开始崇敬王力先生了。那是才刚粗识几个字的时候，一次跟着一位长辈逛新华书店，见到一本叫作

作者在王力先生夫妇合葬墓前的留影

《了一小字典》的书。我觉得这个书名挺奇怪，长辈说："'了一'是北大教授王力的别名，就是把'力'字的音拆开来取的。他是一个大学问家，十分了不起的。"从此，先生的大名铭刻在我心中了。（附记：我查阅手头几种有关王先生著述目录的材料，都是记载王先生在1946年著有《了一小字典初稿》，发表于《国文月刊》第43、44期合刊，未说曾有单行本。也许后来坊间曾据此出了单行本吧？）

1965年，我考上北京师范大学生物系。孰料不及一年，就爆发了"文化大革命"，莘莘学子无不处于休学状态。我很想趁着青春年华学点实在的知识，以免"老大徒伤悲"。但是生物专业的课程需要标本、仪器、实验室等等，比较难以自学，于是决定自学作为古代文化入门工具的古代汉语。这也许同时出于对当时毁灭文化的社会思潮的一种"逆反心理"吧。于是求得中文系老乡借来一套《古代汉语》教材，正好就是王力先生主编的。我就如饥似渴地读将起来，遇到问题是既不敢问人，也找不到工具书，只好"囫囵吞枣"。然而通读了两遍，无论如何对古代汉语有了一些具体感受，也略知一点入门的路径了。同时我在1970年春有幸结识了大学者、大书法家启功先生，他的重要著作如《古代字体论稿》等，对我后来的"改行"也有很大的影响。在大学"毕业"前夕，我抓住琉璃厂海王村"中国书店"内部出售古旧书籍的机会，将研习古代汉语若干基本的典籍和工具书如《十三经》《诸子集成》《辞源》《辞海》等都买下了，准备"三个面向"到基层从容啃去。当时最遗憾的是买不到王先生主编的这套《古代汉语》。

果然，我被"发配"到一个异常偏僻的山区中学工作。幸亏有那些书，陪伴自己度过了那些沉闷而无聊的时光。及至"浩劫"结束、神州大地万物复苏，科学的春天降临之际，我已经立志以古代汉语的教学与研究为职业，报考了中山大学古代汉语专业研究生(导师是潘允中先生)。临考时也是靠着一部辗转借来而残缺不全的王先生主编的《古代汉语》教材，才得以迈进这个专业的门槛。至今虽然所成有限，但饮水思源，应该说是充分沐浴、沾溉了王力先生的春风雨露的。况且中大的师生对王力先生尤有一种亲近感，这是因为从上世纪40年代到50年代，王先生曾经长期在中大任教，并且在此创办了全国第一个语言学系。王先生在中大的教泽实可谓源远流长。系主任吴宏聪、方言学教授黄家教等，都是当年与他情逾父子的学生。

第一次得以亲炙王力先生的教诲，已然甫入80年代，我们这一届研究生都已进入硕士学位论文写作的选题阶段了。此时适逢王先生应邀往香港访问讲学途经广州，重游他多年工作和生活过的中山大学，并作数场精彩的学术报告。潘先生抓住这一千载难逢的良机，请王先生为我们作选题指导。王先生欣然应允，在事先认真审看过我们交呈的题目和提纲之后，专门找我们座谈。记得我起先拟的题目大致是《汉魏南北朝的新兴语法现象》，因为当时自己对这一段的汉语语法史深感兴趣。王先生首先肯定汉语在这一历史时期确实出现了不少新的语法现象，文献材料也很丰富,还举了"便"字从原先的形容词义产生副词义的例子;随即又指出我这题目太大,应该在时间跨度或材料范围上适当缩小,以免不好驾驭。对其他几位师兄弟,他也同样作了热情而中肯的指导。王先生当日循循善诱、诲人不倦的大师风采,至今犹历历在目。

  研究生毕业后,我被分配到中央广播电视大学,担任古代汉语课程的责任教师。该课程所聘请的主讲教师,是北大的郭锡良、曹先擢、何九盈、蒋绍愚几位,都是王力先生的得意高足,教材也是使用王先生创立的"文选、通论、常用词"三结合的教学体系。事实证明这套教学体系对于培养与增进学生古代汉语阅读能力具有很强的科学性,无论是我个人当年的自学,还是各个高校的小课堂教学,以及中央电大这样的远距离开放式教学,都收到了很好的学习效果。我后来与几位学友合作编写《商周古文字读本》,也力主使用王先生的教学体系,经过几次再版印刷,不同层次的读者反映均能差强人意。因此可以说王先生对当代高等教育的古汉语教学,做出了最大的贡献。

  多年以来我从王先生主编《古代汉语》的"古代文化常识"(属于"通论"部分)获益匪浅,怀有极为深刻而美好的印象,认为这方面的知识对于认识中国传统文化的特点,掌握中国传统文化的精华是非常必要的。于是任教中央电大之后,我除了制作基础课"古代汉语"之外,还积极筹划选修课"中国古代文化史讲座"。其间曾专门拜访王先生,请教他在这方面的意见。王先生对这门课程的设置表示支持,并且欣然应邀担任第一讲的主讲教师,讲稿题为《为什么学习古代汉语要学点天文学》。王先生当时已是八十四岁高龄,仍然终日著述不辍,时间对他是尤为宝贵的。但先生还是与我们商定了日期,亲自来到电大草创时期位于地下室的极为简陋的演播室里录课。王力先生大驾光临,电大上上下下无不欣喜异常。副校长兼党委书记张群玉同志系调自北大,录课过程中专门在室外恭守,待王先生把课录完了方才进去请安问候。后来这门讲座获得中央电大课程和教材评比的特别奖,一位校领导还特别声明:"哪门课程只要能请到王力先生这样的著名学者主讲,就一定要给予奖励!"这句话算说到了点子上,这也可见王先生在社会上的威信和声誉之崇高。全国电大学员每届不下几十万,当他们收看这门课程的录像,得以一睹大名鼎鼎的王力先生的音容笑貌,应该是不胜欣喜的幸事!

1983年秋天,中国训诂学研究会在苏州举行第二届年会,王力先生携夫人夏蔚霞女士前往参加。北大几位打算与会的老师由于未能买到与王先生同一车次的票,而我恰好买到,于是沿途照顾王先生夫妇的任务就光荣地落到我的身上。

傍晚的火车,我行前在车站广场等到了王先生。进站时要走好一段路,我想搀扶他,先生都十分客气地谢绝了——也带着老年人的好胜和倔强,潜台词是:"我身体还行!"我只好在一旁亦步亦趋地暗中护卫,以防不测。

上车落座,再巧不过,我的硬卧下铺正好挨着王先生夫妇的软卧车厢。候王先生安顿已毕,因为软卧乘客随即点菜用晚餐,继而则要进入晚间行车了,我怕打搅先生,就道过晚安,告辞回到自己的铺位。不料正在灯下看书,接近熄灯之际,师母忽然找来,说是先生有事吩咐。我赶忙随师母过去,见到先生正在作就寝的准备。他们买的是两张票,当年这种情况下售票的规矩就是不管青红皂白,一律给个上下铺,也不管老年人同行是否会有什么困难。王先生担心师母上下卧铺不便甚而可能摔着,就想让师母睡到我的硬卧下铺去,叫我睡师母的软卧上铺。先生宣布了他的主意。师母则担心离开先生,放心不下,不愿意痛快应承。先生表达完毕,见是"说服无效",就有点着急了,多少提高了嗓门道:"你去不去?你不去,我去!"说着拔腿就要走。师母无奈,只好答应调换。我当然只有唯唯从命,也不敢说自己花硬卧的钱而睡了软卧,是否占了先生的便宜。同时又为他们彼此体贴、相濡以沫的伉俪之情而深受感动。于是我先送师母到硬卧车厢去,一路说着请师母放心的话。待得回来，先生已然睡下，我不敢吵扰，小心翼翼地爬到上铺也躺下。

这委实是个使我十分激动、浮想联翩的夜晚：我居然睡在王力先生的上铺！当时还想起了著名的上古《越人歌》，如果套用一下，则是："今日何日兮，有苏州行！今夕何夕兮，得与王先生同(车)厢！"我又不敢翻身，许久许久才朦朦胧胧睡着。先生倒是没有什么动静，看来休息得不错。

翌日清晨，师母早早地过来了，我也赶紧回去盥洗、用早餐。上午去看望王先生，见他精神健旺，饶有谈兴。他先对铁路售票不近人情而造成昨晚那样的不便表示了不满，说自己身为全国政协常委，尚且不能得到必要的照顾，遑论一般老百姓了。我不由得问："那您为何不乘飞机呢？"他说："中国的飞机最重视飞行安全，但也最不讲时间信用，有时弄得比火车还慢。有一次从广州起飞时已经晚点，过了好半天降落，谁知还是落到广州！乘火车可能早都到了。所以后来我不爱坐飞机。"如今民航和铁路各方面的状况都有了很大的改善，足可告慰先生于九泉了。

我平素也十分仰慕王力先生的毛笔字，认为作为学者书法，非常有韵味，非常有书卷气，而我一向认为书卷气是中国书法作品审美的最高境界和标准之一。王先生的字不愧为大家手笔，但似乎从未见他有过这方面的议论，我就请教先生在书法方面的经历。果然，先生十分重视书法，是下过刻苦功夫的。他说："我早年练过字，受了最大影响的是何绍基的行书。"这就是先生书法的渊源所在了。

先生还谈起他的治学经历，又对他此生未曾受过自然科学的专门训练感到遗憾。其实在人文科学的诸门学科中，语言学是最接近于自然科学的。王先生已然在语言学方面卓有建树，可以说矗立了一座又一座的丰碑，又何遗憾之有呢？

那时候，学术界正传说王先生准备招收博士生。我问他可有什么目标没有，先生回答"尚无有"。我提起先生的一位入室弟子，应该是受到先生赏识的我的同龄人。不料先生马上很严肃地说："他不行，外语不过关！"可见先生对语言学工作者的外语水平和能力的高度重视了。

我那次对于陪同王力先生的苏州之行，事先还是做有一点小小的"功课"的，那就是带上了我的硕士学位论文。自从得到王先生的点拨之后，经过进一步的材料搜集和调查，在导师潘先生的具体指导下，我把题目定为《汉魏六朝佛经所见若干新兴语法成分》，顺利完成并且通过了论文答辩。按说选题阶段得到王先生的指导，到北京以后应该及早持交王先生讨教的，可是到京后忙忙忽忽，一直没有从容的时间向先生递呈。这回可真是好机会！果然，先生耐心地听取了我的思路，并且很乐意地收下了我的文章。

谈话时间长了，我怕先生劳累，就赶紧告辞了。怎么也没想到，我这篇十分肤浅而稚嫩的文章，王先生不仅在旅途劳顿中仔细读过，而且还在该届训诂学会年会的报告中特意提起。这一方面是文章中的某些材料印证了先生的某些观点(如"便"字的演变)，先生感到高兴，但是文章中也不乏不知天高地厚而试图与先生"商榷"的地方啊(如"处置式"的产生和发展)，先生却不以为忤，还加以鼓励。我只能为王先生虚怀若谷、奖掖后进的高风亮节所感动。

苏州之行的第二年，王力先生为我书写了一幅大中堂，内容是他创作的一首七律：

> 鼎湖访胜未缘悭，古寺巍然霄汉间。
> 浩浩飞泉长泻水，苍苍丛树密遮山。
> 夏凉爽气高低扇，冬暖晴云来去闲。
> 自顾山灵应笑我，行年八十尚登攀。

全诗格调高雅，达观风趣，对仗严谨工整；书写时成竹在胸，章法疏朗，用笔在行草之间，含蓄有致，无一败笔，正是传统所谓"双绝"的杰作。题首钤以"乐寿"和"龙虫并雕斋主"的两方闲章，更见先生性情。

这幅手迹，是先生赐留给我的珍贵纪念品，理所当然地早已成为舍间的"镇库之宝"了。

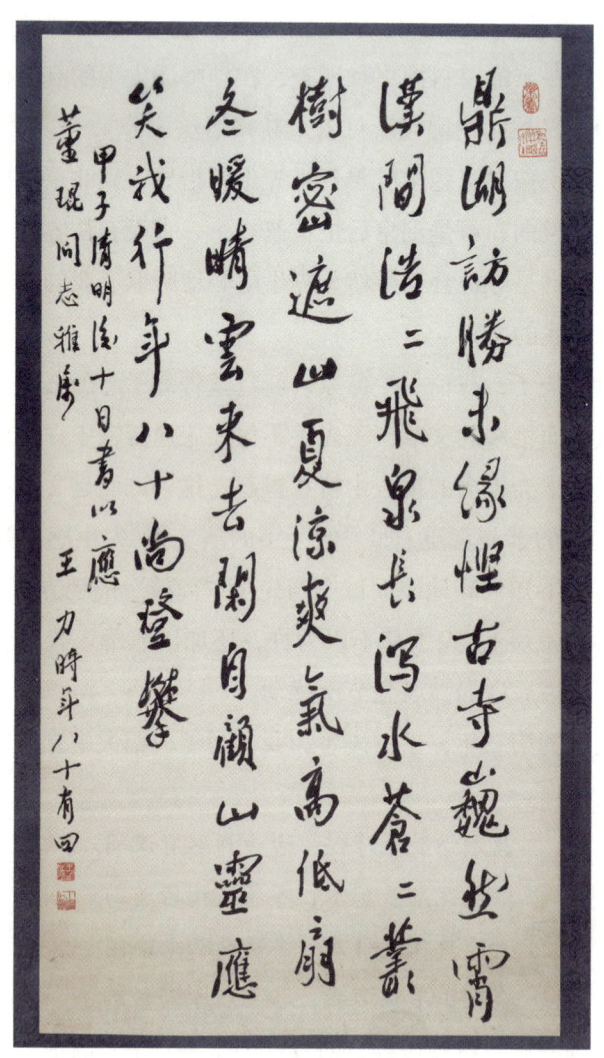

王力先生赠作者的自作诗书迹

回忆吕叔湘先生

　　吕叔湘先生是我们这一代从小就耳熟能详的著名学者。在新中国刚建立的20世纪50年代，曾经出现过一个几乎全民性的学习文化、为语言文字的纯洁而努力的热潮，包括积极学习语法、修辞知识。《人民日报》连载吕叔湘、朱德熙合著的《语法修辞讲话》，极大地提高了吕、朱二位的社会知名度。

　　当然，小时候只知道有吕先生其人，对他的学术成就一无所知，更没想到日后居然有幸成为他的语言所同仁，在他领导下学习、工作、成长并多次接受他的教诲。

　　上世纪七八十年代之交，我正在中山大学接受研究生教育，撰写硕士学位论文。当时有志于钻研魏晋六朝佛教译经的新兴语法，这在当时可以说还是汉语史研究的一个冷门。其时，我已大略得知吕先生对魏晋以来的近代汉语的研究成就卓著。记得其间曾经不揣冒昧给吕先生写了一封信，求教了一些问题。不久就收到了吕先生的助手、后来的语言所所长刘坚老师的回复，很是诚恳热情，鼓励有加。说是吕先生一时太忙，嘱托他代为回复。所以我那时起就对语言所产生了美好的印象。

研究生毕业后，我被分配到新建单位中央广播电视大学。在繁忙的教学之余，我还和几位同窗、同道合作编写了一部《商周古文字读本》，体系上套用了北大王力先生"文选""通论""常用词"三结合的古代汉语教学体系，多地、多年的教学实践证明：这种"三结合"体系对于培养和提高古代汉语阅读能力是行之有效的。我们则是将"古文字文选""古文学概述""古文字常用字"三结合，也力图努力做到王力先生对于古汉语教学要求的"字、词、句三落实"，以期提高学习者的古文字阅读能力。全稿完成后，请古文字学界的李学勤先生作了序，启功先生题了签，准备投给语文出版社出版。当时，吕先生除了担任语言所的领导之外，还兼任语文出版社的社长，像这样的选题是需要得到他的同意和批准的。拟定的责任编辑顾士熙将选题和样稿报到吕先生那里以后，很快得到了批准。顾士熙还给我们看了吕先生的批语全文，当时未抄录。大意是：选题很好，为当前古文字学的学习和研究所需要，同意出版。此书出版后，果然得到了古文字学界好评，不少高等院校的古文字专业用作讲授教材和招生试题的重要来源。并且很快入选《中国文字学书目考录》（刘志刚撰，巴蜀书社，1997.8），被评为"一本较为实用的古文字教材或自学参考书"。多次印行出版后，合同到期，经过增补、修订，又被商务印书馆要去，由誊写影印版改为电子录入排印版。依然颇受欢迎，一再重印。面对美誉和好评，我们饮水思源，十分感激吕先生的慧眼和提携，因为我们当时都是籍籍无名的学界晚辈啊。

　　后来，因我有志于在专业领域的业务水准方面更上一层楼，就调离了中央电大，来到中国社会科学院语言研究所。竟然成了吕叔湘先生的同事，真是何幸如之！

　　吕先生对我这样初来乍到的无名之辈，也是关心、呵护有加，每当有其新著问世，赠送诸多同仁之余，也会有我的一本。我捧接吕先生的签名赠送本，深感珍贵无比。

　　来所之后，我撰写了一篇论文《汉语的词义蕴含和汉字的兼义造字》，投稿给语言所主办的学界顶尖杂志《中国语文》。当时吕先生又还兼着该杂志的主编。据编辑部的同志告诉我，稿子经吕先生亲自审过，同意发表，题目也是他最终改定的。后来文章发表在《中国语文》1994年第3期，成为我有限的学术成果中的代表作之一。所以说，我在自己的学术成长道路上，不止一次地得到过吕先生的帮助、提携和奖掖，这是我永志不忘的。

经过语言所组织的培养和同志们的支持，后来我也加入了语言所的领导班子，于是就有了比较多的机会接触到吕先生。起码每年年终，班子成员会集体到吕先生永安里寓所里拜年，与先生、师母交谈甚欢，还留下合影。有时，我还与吕先生的学术秘书、现任的语言所所长张伯江同志一起前往吕宅拜访求教，先生纵论学术古今，话题颇广。平时很少臧否人物的吕先生也就比较放得开，我至今印象深刻的一次，是提到了当时在学界颇受非议的一位年轻人。吕先生感慨地说："我没想到我的老同学张某某竟培养了这么一个学生！"那应该是很严厉尖锐的批评了。

有一天，我携带宣纸求吕先生惠赐墨宝。因为我特别钟情于学者的字，认为凡大学者的字必有可观，一般都起码富含书卷气，而这乃是汉字书法的要素与极致。吕先生自谦道："我可不是书法家呀！"我说："您只管随便写！"不久后，他果然写了，让伯江交给我。写的是李商隐的著名七律《锦瑟》：

锦瑟无端五十弦，一弦一柱思华年。

庄生晓梦迷蝴蝶，望帝春心托杜鹃。

沧海月明珠有泪，蓝田日暖玉生烟。

此情可待成追忆，只是当时已惘然。

吕先生的书法果然具有浓郁的书卷气。与一般传统常见的书法作品不同的是，他的这幅书法作品句句加有现代汉语规范的标点符号，真是独具特色，不愧出自现代汉语语法大师笔下。书写李诗正文之后，吕

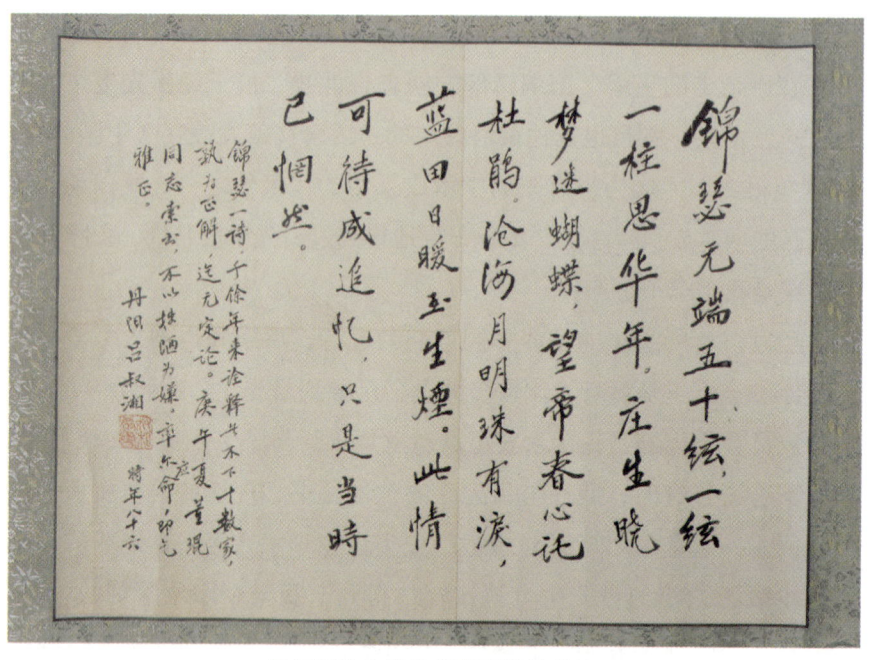

吕叔湘先生赠作者李商隐诗书迹

先生还有题跋:"《锦瑟》一诗,千余年来,诠释者不下十数家,孰为正解,迄无定论。庚午夏董琨同志索书,不以拙陋为嫌,率尔应命,即乞雅正。丹阳吕叔湘(钤印)时年八十六。"这是无比珍贵的吕叔湘先生墨宝了,拥有它真是我莫大的幸运!

吕叔湘先生后来因年老体衰多病,常住协和医院,他的爱徒、时任所长江蓝生同志和我不时前往探望。先生总是对所里的事和人关心备至,总是垂询殷殷。

1998年4月9日下午,我们正在所里议事,突然接到医院电话,告知吕先生逝世!江蓝生和我立即驱车前往协和医院,只见先生已静静地卧于病榻之上,神色安详。我们肃立默哀。蓝生同志轻抚先生手掌,放声痛哭。我也不禁泫然泪下。

这里还想插叙一下吕先生病重时的嘱托之事。死亡乃人人所必经，对于死亡的态度，最能体现一个人的精神境界。先生对死亡极为超脱、达观，他早就说过："一旦如有不讳，不要进行破坏器官的抢救！"（大意）并且预先办理了捐献遗体（眼膜等）的相关手续，所以那天我们在先生遗体前致哀片刻时，就有人来提醒将要进行有关手术了，于是我们依依不舍地离开了现场。

当晚，我将此噩耗告知时任全国人大常委会副委员长的业内同行许嘉璐教授。他沉痛地说："这是语言学界一个时代的结束！"我认为他说得很对。

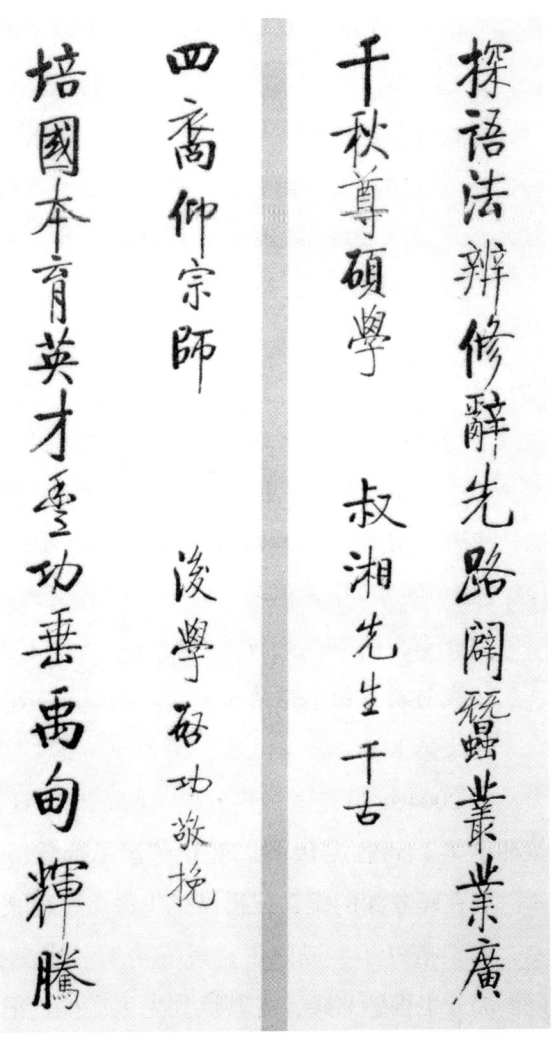

第二天，我又专门去了北京师大，向启功先生报告了吕先生谢世的消息。启先生也是吕先生老友，闻知也不胜痛惜，说："我要给他写挽联。"不日就拟好并工整书写了，让我去取。挽联语为："探语法，辨修辞，先路辟蚕丛，业广千秋尊硕学；

启功先生为吕叔湘先生所撰挽联书迹

培国本，育英才，丰功垂禹甸，辉腾四裔仰宗师。"对吕叔湘先生给予了恰如其分的高度评价。

我在语言所后来也参加过几次《现代汉语词典》（以下简称《现汉》）的修订工作，还有幸成为《现汉》第5版起的第二届审定委员会的成员。吕叔湘先生与丁声树先生是《现汉》的先后主编，这部词典作为国内外著名优秀辞书和语言所的重要成果，饱含了前辈的辛苦和心血，我能为它的维护和修订尽一己之绵薄，也是不胜荣幸的事。

说起吕先生对于《现汉》的贡献，还有一件可能不是广为人知的事，是吕先生还为作者单位（语言所）和出版单位（商务印书馆）立过一大功。我曾经在一篇我和商务印书馆关系的文章里记叙过：

> 进入1990年代之后，一次在语言所里听刘坚所长讲，由于《现汉》社会效益和经济效益均佳，尤其是后者引起不少出版机构的青睐，我院所属出版社也不乏有人觊觎，并且已上报院部，希望将《现汉》收回，改由他们出版。刘老师说此事对所里压力很大，甚为棘手，不过当即征询了《现汉》的主编吕叔湘先生（已退居二线），吕先生明确表态："不能交出去！他们能达到商务的出版质量吗？而且商务早期给我们出版试印本、试用本，都是无偿而不计报酬的，如今我们怎么能做不讲信义的事呢？"（大意）吕先生一言九鼎，此事就此板上钉钉，以后基本上就没人再敢旧话重提了。（《我与商务印书馆的情缘》，载《商务印书馆一百二十五周年》纪念文集上册448-449页，商务印书馆，2022.4）

在2004年吕先生百年诞辰来临之前，辽宁教育出版社出版了《吕叔湘全集》皇皇共19卷。我也拜读了部分，还做了些笔记，准备写文章。现在印象深的是：记得吕先生说，一篇文章或一项成果，框架很重要，框架搭好了，成熟了，就成功了一半。我对《全集》收录的《日记》部分也很感兴趣，尤其读到先生在《日记》中感慨所里行政事务繁多，牵扯太多精力，深有同感。有一天，吕叔湘先生记道："总务部门，买几把扫帚也要来请示，真是不胜其烦。"（大意）但是，当我能读到《吕叔湘全集》的时候，已经临近吕先生百年诞辰前夕，所里正在筹备隆重的纪念会，各种事务纷至沓来，使我无法专心写出纪念文章。时至今日，仍是遗憾，深感有愧于吕先生，只能用这篇小文加以弥补了。

2021 年 11 月初稿

作者与吕叔湘先生夫妇的合影

永远的偶像与丰碑

前段时间的某日,词典室老主任韩敬体同志特意地来到我的办公室,拿了一份《丁声树先生百年诞辰纪念文集》的目录给我看。我一看,作者们有的是丁先生的同辈旧交,有的是晚辈同仁;有所内的,也有所外的。总之,都是丁先生的生前友好,与他有过交往的。内容则基本上是描述人品与回忆交往的文字,没有纯学术的文章。我说:"这些文章多好啊,出版后我一定好好拜读。"又问:"需要我做些什么吗?"老韩说:"你能否写一篇吗?毕竟你当过语言所的领导啊!"我当时表示,我没能与丁先生共过事,没能亲炙过他的教诲,没有资格写这样的文章,还是等以后召开有关丁先生的学术研讨会,再来准备文章吧。老韩还告诉我,丁先生生前读过不止七八遍《说文解字》,留下有关笔记,尚未整理。我表示这个材料太重要了,如果日后需要我参与有关整理工作,我一定尽力。

但是这份目录随即引起了我许多的思索,我觉得自己也应该写点关于丁先生的什么。我想起1988年面临工作调动还没来到语言所工作的时候,曾经读到《光明日报》连续登载的记述丁先生卓越的学术成就和崇高的人品风范的报道文章，当时对丁先生产生了极为崇敬的心情。我想，如果能到拥有丁先生这样的前辈学者的单位工作，那将是何等的幸运啊！

我刚来到语言所的时候，被分配在词典室工作。这正是原先丁先生担任《现代汉语词典》主编并兼任室主任的部门，真是幸莫大焉。但是最大的遗憾是丁先生已然病倒了好几年，成为失去知觉的植物人了。我一到室里，就表示了想见丁先生的强烈愿望，哪怕他已不能说话，因为丁先生已是我心中崇拜的偶像了。

两位年轻的同志陪同我去协和医院看望了丁先生，丁先生诚然一直在昏睡，但看上去神情安详，脸色红润。语言所对丁先生照顾无微不至，雇用专门人员护理丁先生，所室同事也时常有人前去探望以及办理一应手续。

尽管只是这样默默的探视，我当时已是极大的满足：自己总算见到丁先生了！植物人就是大脑基本死亡，我出门时还想过：要是能给丁先生换一个鲜活的大脑，让丁先生得以"复活"，该有多好！转念一想：慢说现在还没有这样的医学水平，即使能够移植，又哪能找到如此充满仁爱与聪慧的大脑呢？

不久，就听到丁先生溘然长逝的不幸消息，随后是参加遗体告别仪式，以及对丁先生的追思会。会上聆听吕叔湘、杨伯峻、朱德熙诸多前辈师长的追思回忆，更使我增添了对丁先生的崇敬之情。

在语言所经常能听到同志们缅怀丁先生的话语，或者说是不少的遗事佚闻，譬如说同样是语言学大家的李荣先生，在丁先生的人前人后，从来总是称呼他"先生"，连姓都不加。又譬如说胡乔木担任社科院院长时，曾经向丁先生建议成立词典研究所，就当时的词典室的人员力量以及图书资料储备等条件，是有其可行性的，但是丁先生为了避免担任理所当然的首任所长，就加以婉辞了。还有，以丁先生那样的学术水平，他在填写干部履历表相关栏目的时候，却只是写上："粗知汉语音韵训诂，略有方言调查经验。"丁先生住在三里河，因为老有人给他让座而不愿坐院里的班车，于是每天坐 13 路公交车，几年下来，成了这条路线上的"模范乘客"。平时丁先生的生活起居极为简朴将就，经常只是吃点烤馒头片……

一位老同志告诉我：由于《现汉》曾在"文革"中遭到"四人帮"及其爪牙诬蔑、批判，编辑人员也受过不公正的待遇，"文革"之后，他曾经一度想调离语言所而到高校工作。丁先生为了挽留他，做了很多思想工作，直至动容说出："人民需要词典，我们应该编好《现汉》！"一席话使他觉得再坚持己见就未免对不起丁先生，从此就安心地留在词典室了。

凡此种种，无不增加了我对丁先生的钦仰。

但让我最大限度感受到丁先生遗泽的，则是一部已然声誉日隆的《现汉》。历年来我有幸参加《现汉》的维护和修订，在浸润其中之际，深深感到它的两任主编——吕先生与丁先生为之付出的大量心力与辛勤劳动，以及渗透其间的深湛学养与严谨学风。我曾经时常去翻阅词典室的档案柜即条目稿片柜，总觉得能在每张稿片的字里行间，领受到两位大师的学术智慧。听老同志说，在排列资料卡片和稿片时，由于过去没有空调，无论夏天多么炎热，也不敢用电风扇，怕给吹乱了。于是我仿佛看到前辈大师身着背心，大汗淋漓却依然坚持工作的身影，仿佛稿片上还有他们洒落的汗水。尤其是丁先生在接任之后，完全不暇他顾，全力以赴《现汉》的编纂工作。我曾经斗胆写下一篇习作《试谈〈现代汉语词典〉成功的历史经验》（收入《〈现代汉语词典〉学术研讨会论文集》，商务印书馆，1996.10），写到丁先生"以狮子搏兔的精神，全副身心投入"：

有时为求一字注音之安，不惜翻箱倒柜，查找资料，精心考证。一个著名的例子是"匼"字。这个字的读音，在古今字典辞书中，除辽代的《龙龛手鉴》注为"苦合反"（今当读 ké）外，从

《康熙字典》到《国语词典》统统只注为"邬感反"（今当读ǎn）。丁先生通过查证古代史部、集部和小学类书籍中的大量反切和叠韵联语的异文，尤其是调查了现有山西地名"匼河镇"在晋南方言中的实际读音，最后确定为kē。丁先生为此还撰写了一篇文章《说"匼"字音》发表在《中国语文》1962年4月号上。实在可谓"一名之立，旬月踟蹰"。

即便如此，丁先生还是曾经发出这样的感慨："我总觉得词典越编胆子越小，常会出错。"（《1978年4月6日在词典室全体人员会议上的讲话》，载《〈现代汉语词典〉五十年》，商务印书馆，2004.8）词典室的同志们都知道并且记住了丁先生的这句名言。

我平日读书，除了专业论著，也喜好翻阅学问家学术以外的文章，如散文、随笔、回忆录等等。我注意到在有关丁先生同时代的师友的这类叙事文字中，时不时地会涉及丁先生的言行。虽然有的仅仅吉光片羽，雪泥鸿爪，却也仿佛速写或剪影，可以让我们领略到丁先生的风采和音容笑貌，感受到师友们对他学问人品的评骘，体会到丁先生的学问和人品，来自年轻时的艰辛和历练。

我们知道丁先生自1932年北京大学中文系毕业后，即到当时的中央研究院历史语言研究所（一般简称"史语所"）从事语言研究工作。这个研究所的创办人及兼任二十三年所长的傅斯年，对于入所研究人员的选择是非常严格甚至苛刻的。因傅氏本人曾经在欧洲留学七年，所以重视"海归派"，如早期史语所的核心人物陈寅恪、赵元任、李方桂等，都是他亲自延聘的，而像马衡、郭绍虞这样学有所成的"本土派"则被拒之门外。（参见岳南：《陈寅恪与傅斯年》第十二章，295页，陕西师范大学出版社，西安，2008.6）大学刚刚毕业的丁先生并无留学背景，当时能进入史语所，是相当不容易的，只是靠自己品学兼优的实力罢了。

一本关于胡适的传记介绍："（1934年）8月7日，胡适读郭沫若

《谥法之起源》，感到郭沫若胆子太大了，用不认得的金文来做考证的证据，自己是不敢的……当天，胡适给中央研究院历史语言研究所丁声树去信，谈了自己对郭沫若的《谥法之起源》的意见。"（朱洪：《胡适：努力人生》第六章，225页，广西师范大学出版社，桂林，2007.8）丁先生曾是胡适执教北大时的学生，当时只不过是刚刚"出道"的年轻人，胡适则早已是天下闻名的大学者，能与他如此讨论学术问题，可见丁先生由于自身的业务实力所受到学界的推重了。

抗战期间，神州板荡，史语所曾经屡次播迁，最后迁往四川泸州、宜宾附近的李庄镇，居住、办公均在离镇还有四千米的板栗坳（栗峰山庄）。这里地处偏僻，缺医少药，生活艰苦异常。研究人员及其家属，不但生病无法及时治疗，甚至经常食不果腹。有一次傅斯年外出公干期间，就曾一连收到好几封函电，如史语所人类学组主任吴定良致电："弟目前经济处于绝境……恳请吾兄予以惠助。"语言组董同龢上书："同龢之子及妻先后患痫……恳请设法予以救济。"在所内主持工作的董作宾也急电："夏作民（按：即夏鼐）先生病，陈文水君之小孩已夭折。"（《陈寅恪与傅斯年》第九章，214—215页）一贯为人高傲的傅斯年，也只好亲笔给驻宜宾的四川第六区行政督察专员王梦熊写去求助的长信，信中有这样的话："请您不要忘记我们在山坳里尚有一些以研究为职业的朋友们，期待着食米……"（同上，213页）以至在1946年10月史语所搬迁回南京的庆宴席间，"最令人难忘的是傅斯年在演说中对史语所历次搬迁的追忆，在讲到抗战岁月八年颠沛流离，艰苦卓绝的生活时，说到动情处，几次哽咽泪下，在场的人无不为之深深感染而同声悲泣"。（同上，303页）

年轻的丁先生对这一段日子则安之若素，在这样的艰苦环境中依然坚持语言学研究。语言学大师赵元任，那时也一度在史语所工作。他的夫人杨步伟，曾在所撰回忆录《杂记赵家》（中国文联出版社，1999.2）中记述过这一段的经历，其中似乎很不经意地数次提及丁先生。如在广西途中，众人有所口角，"丁声树笑笑不响"。（同上，311页）到昆明后有一次考古学家李济为办公地点大发脾气，"丁声树和元任一句话没说。在那时元任对这种事总是不响的生气而已"。（同上，314页）又说道："那些时元任倒是每天编些几部合唱的歌，和些小孩子们唱，丁声树就和大、二两女他们在院子里打球。"（同上，314页）

这些文字虽然不多，凸显的丁先生形象则都是正面的。杨步伟应该算是丁先生的"师母"了，在她的眼中，年轻的丁声树，性情和为人是那样的沉稳、随和、乐观，面对艰苦的环境、复杂的人际关系，是那样的应付裕如。

1941年6月，当时是西南联大教授但还兼任史语所通信研究员的罗常培先生，曾经和西南联大校长梅贻琦等人，从云南昆明到四川旅行，并专程来到李庄板栗坳看望史语所的同事们。罗先生曾在事后出版的游记《蜀道难》（收入《苍洱之间》，辽宁教育出版社重印，1996.9）中写道：

> 北京大学文科研究所的学生留在李庄的有任继愈、马学良、刘念和、李孝定四个人。马、刘两君受李方桂丁梧梓两先生指导，李君受董彦堂先生指导。李、董、丁三位先生对于他们都很恳切热心。

"梧梓"是丁先生的号，当时他刚交而立之年，就已经是研究所的研究生导师了，而且罗先生对他指导研究生的工作是充分肯定的。

1936年，瑞典著名汉学家高本汉的巨著《中国音韵学研究》被翻译成中文。这是一部影响到中国语言学界几代人的重要著作，由当时学界的三位巨擘赵元任、罗常培、李方桂共同译述，工程的规模和难度都相当的大。根据李方桂先生晚年的回忆：

> 当时，赵元任没在中国，而在美国，所以，我和罗常培，我们俩完成了这项翻译工程……我们译完了高著初稿，赵也从美国回来了。因为赵已经译了一部分，罗常培的几位朋友译了另一部分，我

和罗常培译了第三部分，全书译文的名称术语(terminology)并不十分统一。因此，必须将三部分贯穿起来，使之前后一致。当然，使整部译著成为一个完整、可读作品的，就是丁声树的功劳。他是最终给整部译著统一润色的人。后来此书的出版，主要归功于他的辛劳。（王启龙、邓小咏译：《李方桂先生口述历史》第三章，49—50页，清华大学出版社，2003.9）

李方桂认为《中国音韵学》能"成为一个完整、可读作品的，就是丁声树的功劳……此书的出版，主要归功于他的辛劳"。这是实事求是之言，也体现了他不掠人之美的长者风度。

确实，李方桂先生对丁先生是非常尊重和器重的。他于1929年底留学欧美回国以后，被任命为中央研究院史语所研究员。丁先生刚毕业分配来所时，曾被安排担任李先生的助手。丁先生对李先生执弟子礼，但李先生谦虚而真诚地认为：丁先生"懂得比我多"。他曾在晚年的《口述历史》中设立专节回顾自己与丁先生的交往并作出评价：

我在1931年或1932年认识的另一个人就是丁声树。他刚从北京大学毕业，被派到历史语言研究所任助理研究员。在中国语文学、文学及语言学方面，他大概要算训练最有素的学者之一。

当时我是研究员，他是我的助手。他聪明过人，理解能力很强，刻苦钻研现代汉语、语言学等学科的全部知识……他在汉语和西方语言学方面都受过非常良好的训练。例如，他在耶鲁大学学过拉丁语等等。为此，到他1949年回中国时，他来到上海，回到了研究所——他在西方语言学和中国语文学方面是训练最好的人。我认为即使到现在，他仍然是受过最佳训练的学者，只是他现在总是病魔缠身。

所以，我把他算作"最……之一"；然而，他是个十分奇特的人，他从不愿写文章。从不愿意，而他却总是在帮助他人，竭尽全力的帮助他人。我想，在北京他（参加）写过有关汉语语法的书，他在北京以及其他地方声望都非常高。

（拿出一本书）这是我关于上古汉语方面的几篇文章，就是丁声树把文章搜集起来拿到北京商务印书馆出版的。他还出版了我的其他东西，我同丁声树的关系很好，他总是把自己当作我的学生，而实际上他懂得比我多。

李方桂先生以上的评述，实在可以展开而写成一篇关于丁先生的大文章。只是他说丁先生"从不愿写文章"，这一点恐怕还是李荣先生说得更恰切："丁先生不轻易作文。"(李荣：《丁声树》，载《方言》杂志1989年第2期)但丁先生由于全力以赴编《现汉》而少写文章则是事实，这应该说是一位大学者为国家的词典编纂事业所作的个人在学术方面的牺牲。至于李方桂先生所说的"最……之一"，除了"训练最有素的学者之一"，应该还可以填上"最杰出的语言学家之一"，或者也可以是"最好的朋友之一"。总之，像李方桂先生这样的学术大家，而如此评价后进者的学问和人品，是非常难得而罕见的。对于这种评价的施者与受者，都足以成为学林的佳话了。

《现汉》收有一词叫"私淑"，释文是："未能亲自受业但敬仰其学术并尊之为师。"我想这个词对我之于丁先生，庶几可以使用吧，虽然我觉得自己也许并不配。丁先生在我的心目中，是永远的偶像与丰碑。所以值此《纪念文集》征稿出版之际，不揣谫陋，写下这篇小文，略表自己对丁先生的景仰之情。

2008 年 12 月 21 日

我国优秀道统的模范践行者

——读《丁声树文集》有感

《丁声树文集》(以下简称《文集》)给我们的学术教益和人品滋养是多方面的。我这里只谈谈对《文集》中所反映的丁先生给予年轻后学后进的奖掖、培养和扶持的感想。

《文集》的"附录"收有《丁声树先生国学讲座笔记》。这是上个世纪50年代中期,丁先生在语言研究所为青年研究人员开设的关于传统语文学的讲座的记录稿,内容包括"小学说略""训诂""清代学者在训诂上的主要贡献""简单介绍《尔雅》《说文解字》《广韵》三书""周礼汉读考序",都是有关传统语文学的必备知识而年轻研究人员比较生疏的"盲区"。丁先生从基本概念及其界定入手,井井有条,既系统又简明地进行了讲解,真正做到了深入浅出。例如"小学说略三"谈"小学与经的关系",仅用了八九百字,就把传统儒学中最核心的问题——今古文的区别与论争,包括今古文的不同、经的次序不同、经说不同、解经方式不同,等等,说得清清楚楚,明明白白。当时麦梅翘老师作有讲座记录笔记,并且事后给丁先生看过,丁先生还进行了修改和润色。

此外，《文集》上册收有一篇《谈学习音韵》，是丁先生于1973年12月写给词典室时年四十一岁的闵家骥同志的一封信，当时闵家骥正在研习《广韵》，制作古今音对音字表。丁先生对他很是鼓励，信的开头就说："对音字表，你已经做到入声部分了，真可敬佩。经过这番努力，你对古今字音对比的主要规律已经掌握了，可见功夫没有白费。"接着提出四点意见供他参考：第一，不应把反切和普通话语音对应关系的所谓"规律"看得太死；第二，对《广韵》前后的韵书系统也要下点功夫；第三，有些字古今音对不起来，很可能有别的因素，同时在方言中可能还保持正常的演变，建议做家乡的方言调查；第四，入声字的演变，尤其在声调方面，普通话比较难以说清楚，希望能对此深入研究。

对自己的意见，丁先生谦虚地认为："以上所说，定多未当，还望批评指正，为感。"信的最后，还问候闵的爱人，称之为"刘老师"，其实这位"刘老师"不但比他年轻得多，而且还是行政人员。作为堂堂的学部委员、一级研究员的丁先生对晚辈后学的诚恳谦恭，跃然纸上。所以无怪乎所里有的年轻于丁先生的人，对他先是尊称"先生"，继而是"丁先生"，后来竟径称"老丁"，颇有些"没大没小"。但也可见丁先生无论对谁，包括所有的晚辈人等，都毫不倨傲，总是平易可亲。一木见林，丁先生的学问、人品，永远值得我们认真学习。

进一步说，丁先生的这种大家风范，也可以说是渊源有自，是继承了中华优秀传统文化中的"道统"——师道的传统。这就需要说到《文集》之外了。我们知道，丁先生年轻时，在他的治学、求职的经历中，也曾得到诸多学界前辈的勉励、奖掖与提携的。例如，1932年他年方二十三岁，刚刚大学毕业，就由于北京大学钱玄同、沈兼士等教授推荐，进入中央研究院历史语言研究所工作。要知道当时主持所务的傅斯年，一般只招收有留学而且是欧美留学背景的人员，所以连诸如余嘉锡、马衡、郭绍虞这样的本土大学者也被其拒之门外，而丁先生当年只是刚刚出道的一介学子。其后丁先生不负前辈所望，在《历史语言研究所集刊》陆续发表重要学术论文如《释否定词"弗""不"》《诗经"式"字说》等，当时鼎鼎大名的前辈学术大佬胡适在读了《诗经"式"字说》一文后，竟能亲自给他去信，称赞他"从此入手，真是巨眼，真是读书得间，佩服佩服"。后来的老师辈罗常培先生也很赏识他、提携他，新中国成立后语言研究所甫一设立，即聘他入所工作，并将其评为一级研究员（当然还有其他种种机缘因素）。

学术前辈和诸多老师对自己的关怀和爱护，一定是丁先生念兹在兹，铭记不忘的。所以当他自己年纪渐长、学有所成之后，也就能对年轻学子、青年科研人员格外关心、爱护，精心培养，尽力鼓励，促使他们早日成长成才。他认为这样才是对自己老师和学术前辈最好的报答。中国学术界的这种优秀"道统"——师道传统，就是这样薪火相续，代代流传的。丁先生身体力行，作为我国优秀学术道统的模范践行者，为我们作出了一个光辉的榜样。

2020 年 12 月

容 庚 先 生

　　广州中山大学是我国南方的学术重镇。我曾经身处其中三年，完成了我的硕士研究生生涯，这是此生至大的幸运。

　　在中大中文系众多教授中，我最早结识的是著名古文字学家容庚（1894—1983）先生。

　　1972年，我从北京师范大学"毕业"，被分配到广东省平远县工作，当了一名中学教师。此地是"鸡鸣三省"（粤闽赣）的山区，交通不便，信息闭塞，实在令人憋闷。因为早有精神准备，我倒是能静下心来，在教学之余抄录、剪贴从北京琉璃厂旧书店购得的《说文解字》。但在自学过程中，深感资料的匮乏，尤其是非常渴望能得到一部学习金文必备的工具书《金文编》，于是萌发了函请作者代购的念头，以为彼此都在同省，当有"近水楼台"的方便。加之在北京时结识了启功先生，听他说过容庚先生，说是他的老朋友。于是在1974年初，我冒昧地往中山大学中文系给容老投寄了一封信，信中也提及启先生，想是可以不使容老对陌生来信产生不必要的戒心，如今想来这在"文革"运动虽已见衰但尚未刹车的当时，还是必要的。

果然,很快收到了容老的复信:

董琨同志:

惠书备悉一切。你对书法、文字深感兴趣,这是可喜的事,可惜远处平远,很难满足你的欲望。不只平远是这样,即在广州,也感觉无书无友的苦澹。以广州三四百万人的城市,没有一旧书店,岂非怪事!拙编《金文编》,印有三次版,实在无法觅得。现正在增订中,何时才能印出,不敢预言,有负盛意。元白四十年老友,书画造诣甚深,你能随时请教,必能获益不少。希望你在困难的环境下,尽你的职责,教督学生。复致

敬礼。

容庚　四月廿二日

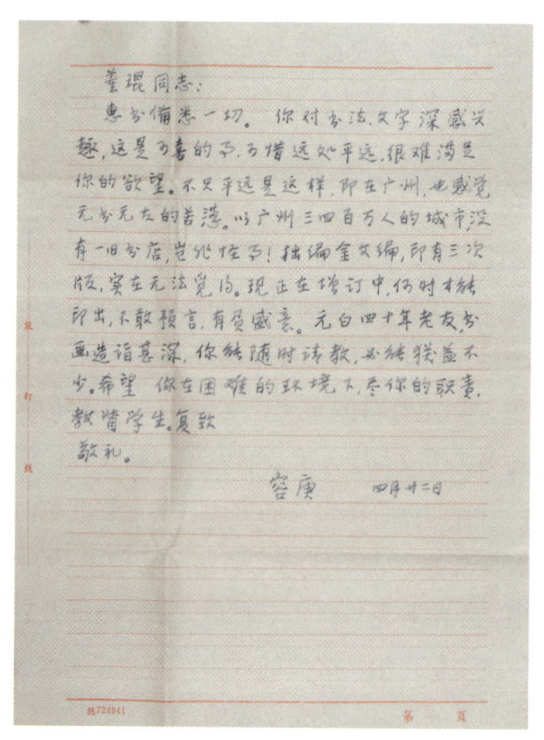

容庚先生致作者函书迹

虽然是答复一个陌生的年轻人，而且是在当时动辄便能"以言获罪"的严酷的社会环境下，依然如此袒露心扉，直率陈言，诉其"苦懑"之情。尤其是后来我得知他当时因在"运动"中特立独行，不发附和之言，竟惨遭批斗，处境艰难，还能给我发来这样一封措辞直截、痛戳时弊的信，我之感慨嗟叹，自是更不待言。

但是到后来"文革"结束、高考恢复，可以报考研究生时，我依照自己一向的志趣，应该报考中大古文字专业的，可是又听闻这个专业只接收从事古文字工作的专业人员，所以望而却步，不敢报考容庚先生的专业，而是邻近的古汉语专业，留下了此生一大遗憾（当然，不是说考必可中）。

进了中大以后，因为容庚先生名气渐大，声誉日隆，而且忙碌异常，所以我也不敢多去打扰老人家。不过1978年容老和商（承祚）老联合招收了五位研究生，容老时常（几乎每周一次）来宿舍看望他的研究生，所以也能时常得睹慈颜。

1979年底，中国古文字研究会在广州召开年会，参会的启功先生在会后想拜访容老，嘱我先行联系，我才登门与容老预约，并随同启先生一起前往容府，幸见两位老友久别重逢的欢欣场面。

大概是1980年，教育部委托容、商二老举办了一期"古文字进修班"，容老授课，我们也都去听讲了。

当然，后来也还如愿获得了容老所赐的金文书法墨宝，是宰甫簋的铭文：

> 王来兽自豆麓，在揅次，王飨酒，王光宰甫贝五朋，用乍（作）宝簋。

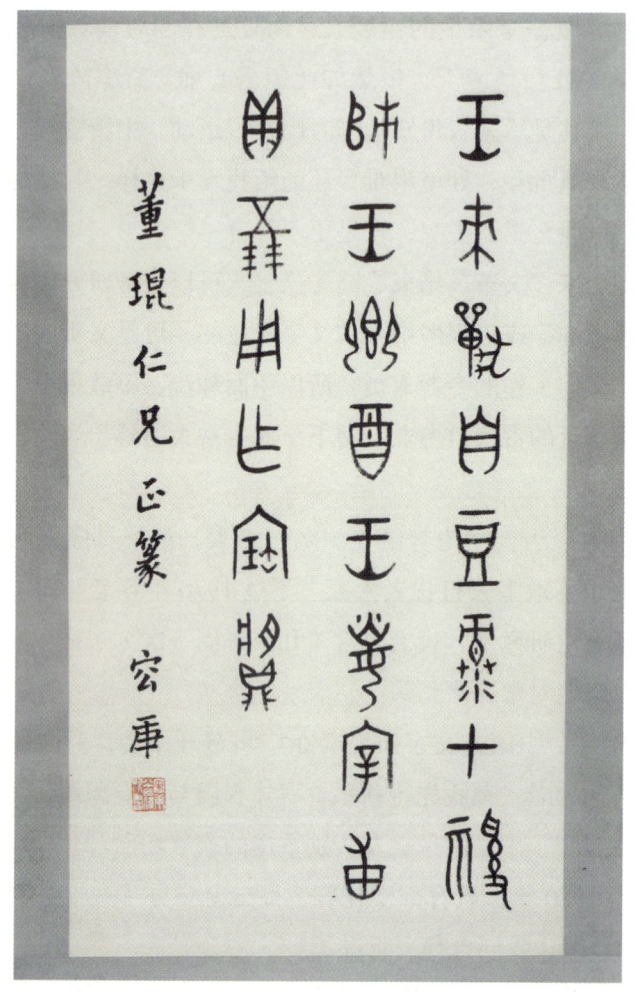

容庚先生赠作者临金文书迹

2010年,广东花城出版社出版了易新农、夏和顺合著的《容庚传》。我买来拜读了,更增添了对容老的了解和敬仰。

2020年10月,中国美术馆举办《有容乃大——容庚捐赠展》,我和中大同窗好友陈抗兄一起前往参观,于中可以感受到容老收藏之丰富、捐赠之慷慨,更有学者之间的诸多信札,可知容老交游之广泛、民国之流风,从而极为受益。

商承祚先生

　　商老商承祚（1902—1991）先生，也是我在中山大学读研时的老师，只不过他所具体指导的是古文字专业而已。

　　但是商老的大名却是早已听闻，他的成名作《殷墟文字类编》早已驰誉学林，他对新出土的楚国竹简研究及其书法也有独特的成就。在1965年那场"兰亭论辩"中，他发表的文章观点鲜明，不阿"权威"，令我印象也十分深刻。

　　所以，我来到中大不久，就携纸冒昧登门，求商老赐给墨宝。自我介绍并说明来意之后，商老很客气，打开我带来的宣纸，和蔼地说道："你的纸很好，我会给你写，你稍等几天吧。"

　　那纸是我早几年在北京琉璃厂"庆云堂"购得的陈年玉版宣，我是一般恭呈给前辈书家挥毫的，为诸多书家所喜爱，看来商老也不例外。

　　过了些日子，不记得是我上商老家取的，还是商老托人送到我宿舍的，总之拿到了商老的墨宝，是用秦篆书写的一首歌颂周恩来总理的五言诗：

敬爱周总理，浩气贯长虹。

丰功垂千古，劲节映青松。

一九七八年三月五日为周总理八十诞辰，书此缅怀。是年七月，董琨学弟属　商承祚

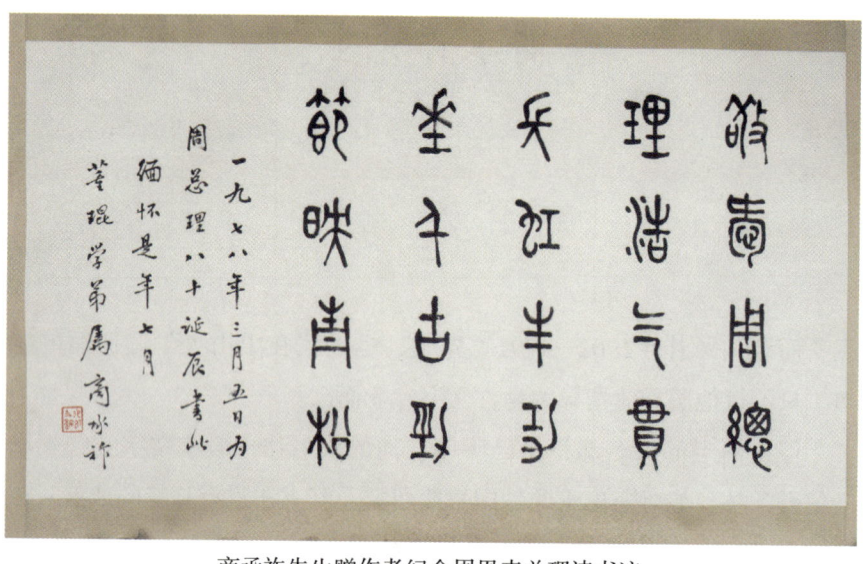

商承祚先生赠作者纪念周恩来总理诗书迹

据说商老十分矜惜自己的书法作品，轻易不赠送他人。我得到了商老所赐的墨宝，真是三生有幸！

商老不但是著名的古文字学家，还是国内外有数的著名书法家，尤以甲骨、秦隶诸体最为脍炙人口。他对于书法理论，也有不少精辟见解，足以启迪后昆，如对于一般写字、评字的人最喜欢提到的"中锋"及相关用笔问题，他的见解就十分独特而平允：

书法家多强调中锋，力辟偏锋。包世臣主张以笔裹锋，使笔毫平铺纸上，以收"万毫齐力"之效。我认为是不可能做到的事。比如写长横，起笔一按，锋毫已侧，最末一顿，不是中锋，只有

在二者提笔之间才出现中锋。此外,衡之其他各种笔画,莫不皆然。行笔多变化,大可不必为之巧立名目。总之,不同的字体以有不同的写法,起笔和收笔,笔锋转折也就不一样,写时自己可以留心体会。(《我学习书法的一点体会》,载周志高、戴小京编著:《书法创作》附录一:《中国著名书法家谈创作》,江苏古籍出版社,1988.4)

商老出身于世代书香之家,其父商衍鎏是前清最后一科(甲辰科,1904年)的探花,著有《清代科举考试述录》,也是我爱读的书。

商老生于1902年,卒于1991年,他小容老八岁,但二人多年在中山大学共事,享寿也竟然相埒,可谓宿世之缘了。他的两位公子商志馥、商志𩁹均能克绍家学,尤其商志𩁹成为杰出的考古学家,是足以令商老欣慰的。

我的导师潘允中先生

潘老潘允中（1906—1996）先生，字尹如，号弢庵，是我在中山大学的硕士生导师。1978年恢复高考招收研究生时，我报考到他的门下，那时还不了解他。

潘老是广东兴宁人，出生于1906年，早岁投身革命，1926年入黄埔军校学习并加入共青团，积极宣传革命思想，后来转入报界，曾任《南洋日报》总编辑。新中国成立后，又转入教育界，上世纪50年代院校调整，他调任为中山大学中文系教授。

1978年我们四位同窗投到潘老门下的时候，他已经七十又二，可以说是一位老先生了，但无论是对待学生还是钻研学术，依然充满蓬勃的朝气和热情。

刚入学不久，有一天潘老带着我们四位同学上图书馆，介绍一些治学应用的重要文史工具书，尤其是类书，如《太平御览》《骈字类编》等，说明他对工具书的重视。我们也学到不少有关知识，像《骈字类编》就是我此前所未知的，后来一直到我返回北京工作时看到有"中国书店"的重印本，赶紧买了一套。

潘老带研究生，并不是专门开课讲授，而是提出若干书目，要求我们自学，然后定期交上读书笔记、研读心得。他看过我们的读书笔记，往往有所批示。我还另外给他看过早几年自己在广东山区读书时的读书笔记，叫作《古温室札记》，如今看来，其实很是肤浅稚嫩，但潘老看得非常认真，对一些可商的史实加以订正、对存在的讹误乃至错别字也都一一指出，后来退还给我，我也保留至今。

20世纪80年代初，被"四人帮"禁锢多年的文艺园地逐渐开放，中大校园里传来邓丽君的歌声，我们听得如痴如醉。一次说是晚上电视台要播出日本电影《追捕》，当时校园里很难看到电视，我们急得简直抓耳挠腮，不知何处能一饱眼福。结果是潘老得知，说："你们就到我家来看吧！"我们都高兴地前往，其实那时潘老家的电视机也就是九寸的黑白，但我们都看得津津有味，而且至今念念不忘（起码我是如此）。

治学方面，潘老也给我们作出了榜样，他的专长是汉语史的研究，他在年迈体弱之际，还完成并出版了《汉语词汇史概要》《汉语语法史概要》两部专著，这两部书是王力先生的《汉语史稿》之外又一种汉语史研究的重要著作。其中关于汉语语法史的内容，曾经作为讲义，在他50年代奉命借调到兰州大学中文系讲授汉语史课时使用过，不料后来竟被当时听讲的一个学生冒名出版了，潘老说起此事不无气恼。殊不知潘老其后对汉语史的研究更其深入，例如1979年他在《学术研究》（第9期）发表《论汉语词序的发展》、1980年在《中国语文》（第1期）发表《汉语动补结构的发展》，岂是这个剽窃者所能想象的？而我们对潘老的宝刀不老、学术之树长青也由衷敬仰和钦佩。

1981年5月，中国训诂学研究会在北京成立，潘老前往参加，被选为理事。1983年秋天，在苏州举行第二届年会，潘老由我的大师兄周锡䪖陪同前往。其时我已分配至中央广播电视大学工作，也与会叨陪末座，师生异地重晤，彼此不胜欢欣。记得他刚抵苏州的当晚，北大教授周祖谟先生还来他房间看望，态度甚是恭敬（周先生比潘老年轻八岁）。

潘老也酷嗜书法，经常潇洒挥毫。这方面他有一个特点是喜欢并仿效明代广东杰出哲学家、诗人、书法家陈献章（白沙）的"茅龙笔"书法，笔下苍劲老辣而又不失书卷之气，十分耐看。他也曾赠送给我墨宝，我至今珍藏。

1981年（辛酉）底，我们毕业，潘老书写了一首自作诗，分别赠送我们。我拿到的这幅写的是：

四颗琼英三岁栽，园丁喜见好花开。

力争上游吾道成，薪火相传乐育才。

辛酉冬月我所指导的古汉语研究生四位均以硕才毕业，诗以赠之。董琨学弟留念 潘允中以茅龙书

欣慰之情，溢于言表，使我们这些门弟子感动万分！

但是后来潘老却对我产生了意见，那是我辜负了他希望我留校任教的好意。他批评我："我们招收你，就是也为了补充中文系的师资，你怎么不能留校呢？"当时我们同门四位，大师兄是广州人，留校毫无问题；二师兄成

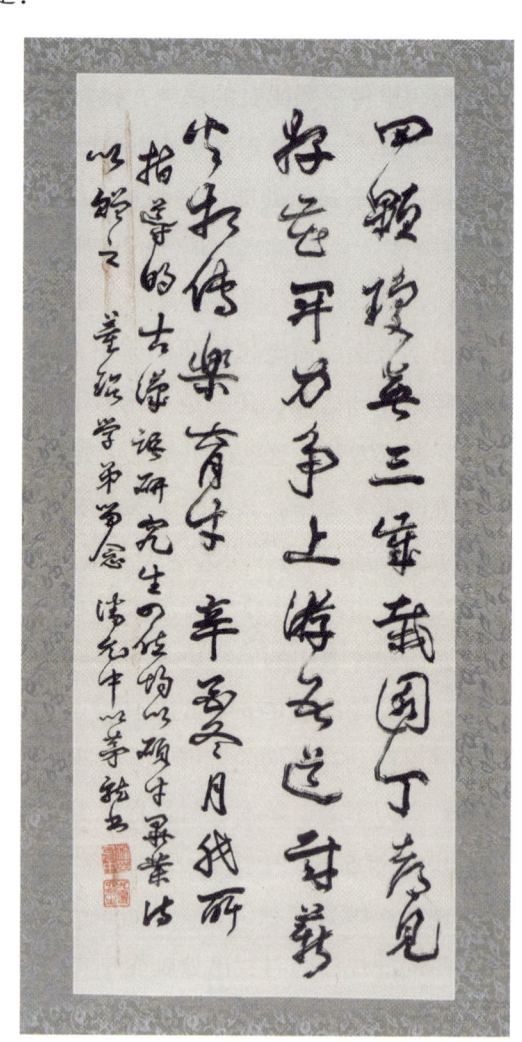

潘允中先生赠作者自作诗书迹之一

家在云南，四师弟成家在湖南，都要回去；只有老三我当时还是单身汉，按说留校是责无旁贷的。但是我因本科时代在北京生活了七年之久，首都情结很是浓郁，非常希望能重返北京工作和生活。广州虽是南国首邑，但当时尚未充分拂摩改革开放的春风，感觉广州人比较"排外"，甚至把外地人鄙称"捞松"（音），令人不爽，所以不喜欢留在广州。

给我影响更大的其实是，一天晚上我到当时还在中大任教的马国权先生居处聊天，他大讲中山大学的人事关系复杂状况。说是可以追溯到"北伐时期"，中文系也起码分有"广府帮""潮州帮""客家帮"诸派，彼此利益纷争。潘老属于"客家帮"，属于非主流，平素在系里不是很如意。我一听，头都要炸了，马上坚定了要远避这"是非之地"的决心。加之又有一位同乡教授陈必恒先生对我说：他在广州四十余年，未曾交上一个本地人的朋友。这在我"逃离"广州的天平上又加了一个沉重的砝码。

所以我在毕业分配时，明确地表示希望去北京。不过最后潘老也很大度地表示了理解和支持。后来他给我看了他在我的"毕业生登记表"上填写的评语，即表中"学校（研究单位）导师对毕业生业务能力、外语水平介绍及对其工作分配的建议"一栏：

> 该生原是在北师大生物系，"文革"期间，课程无形停止，他毅然改向汉语各专业课程攻读，卒以非常的艰苦毅力，获得中文系专业毕业的同等水平。78届他以优异成绩考取为本系古汉语研究生的四名之一。入学三年期间，能做到勤学苦练，特别长于汉语语法史的探讨。其毕业论文里面，运用汉魏时期的佛经汉译材料，提出了比前辈较新的语法史上的一些成分的见解，值得我们的注意和肯定（其中包括处置式"将""把"的起源、动词词尾"了"和"着"的产生等等）。

> 该生会读日文专业书刊，借助工具书能翻译。

该生志愿分配到北京地区工作。如按其才能，对高等院校的教学和科研，都可胜任。但先让他搞一个时期的教学，然后专搞科研，更能符合他的实际。

潘允中（印）
81 年 10 月 13 日

我当时读了，很是感激，把这份抄件珍藏起来。现在重读，更感潘老的对我的长者的呵护，仁厚的宅心。

其实，据我后来与母校中大中文系的接触与交往，深感当初真是"杞人忧天"，中文系的人际关系丝毫没有那么"可怕"，令人担忧。广州自改革开放以来，整个城市的"风度"、人文及社会环境都大大改变了。多年以来和留校的诸位师兄弟们相处如同手足，每每不乏"绨袍之恋"。以至于有时还想到：如果现在重新来过，是否会有别样的选择，亦未可知。

令人可叹的是后来师母先潘老而去，而潘老失去师母照顾，身体各部分尤其是大脑功能逐渐衰退。最后一次我去中大拜谒他，他见到我，虽然认出，也表现出很高兴，但竟至于无法正常交谈，使我别后不胜悲哀。

潘老寿终九十，以鲐背之年归去道山，也算仁者长寿了。

作为自己的恩师、本师，我对潘老终生不忘！

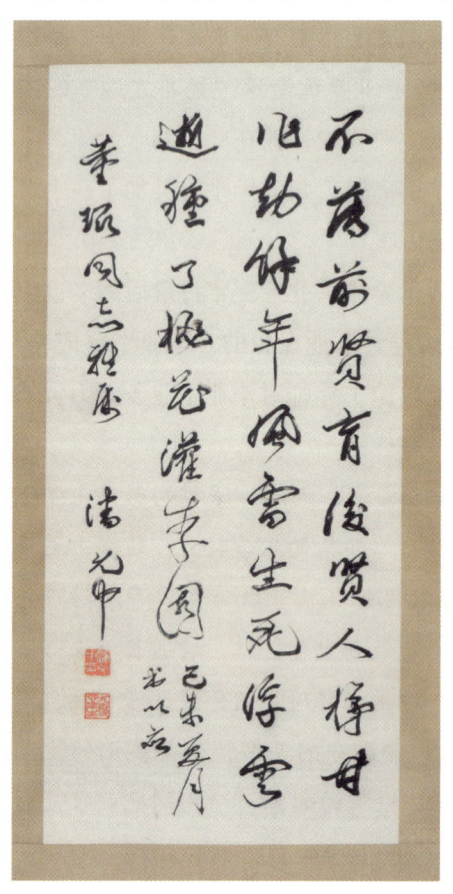

潘允中先生赠作者自作诗书迹之二

吴三立先生

吴三立（1897—1989），字辛旨，号悔余斋老人。他是我参加工作时任教的广东省平远县人。作为家乡的名人，我在平远时，就对他的大名如雷贯耳，而且知道他在华南师范学院从事语言文字教学，那更是学界前辈了，所以我到广州后，很快就去师院登门拜访。

我称呼他为"吴三老"。他得知我从老家来，又是同行晚学，很是欣喜，热情接待。问询家乡近况，无微不至。他自叙少小离家，平远又是边鄙贫瘠的山区，所以他平日很是挂念，盼望家乡能尽快富裕起来。

吴三老曾就读于北京师范大学研究院，那么也是我的前辈学长了。他的老师是马叙伦、沈兼士、杨树达等著名学者，因此在传统小学的文字学、音韵学、训诂学和古典文学方面造诣深湛，成就卓越。他也是一位书法大家，"百度百科"言其"被称为当代中国八大书法家之一"。

当时我并未听闻他在书法方面的名气如此之大，但是也知道他"会写字"，所以向他求字。他很快给我写了一幅，是叶剑英元帅的《远望诗》：

忧患元元忆逝翁，红旗飘渺没遥空。
昏鸦三匝迷枯树，回雁兼程溯旧踪。
赤道雕弓能射虎，椰林匕首敢屠龙。
景升父子皆豚犬，旋转还凭革命功。

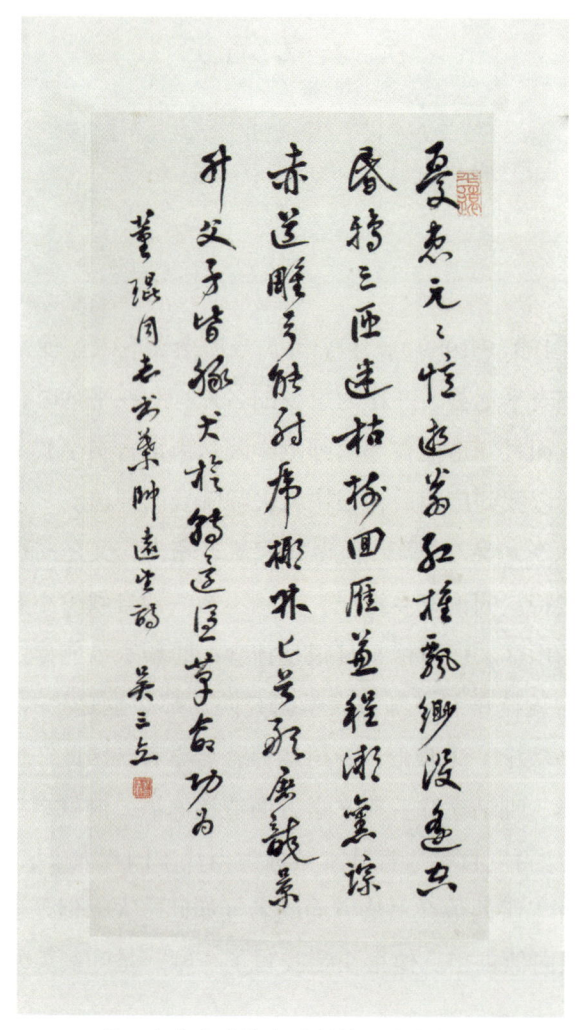

吴三立先生赠作者叶剑英元帅诗书迹

叶帅此诗固然多年脍炙人口，吴三老书写此诗，可能还有自己与叶帅同是粤东客家人，尤多一层亲切的意味。

此幅书法属行草，笔触劲健老到，行气舒缓流畅，应是一幅精心之作。引首钤有"平远"二字章，可见书者的怀乡心思，而受赠者正自故乡来。

与吴三老的因缘并不止于此：1981年底，我们即将迎来硕士学位论文答辩，导师潘允中先生聘请老友吴三老作为论文评审。吴三老还特地给潘老去信：

允中教授吾兄：

　　承委为董生的论文，加以评语，不知能合格或否？

　　董生论文中，一些疏失是有的。惟此仅小疵，无伤大体，因而不必写在评语上。董生过去在北师大中文系毕业后，曾在我邑乡间中学，教了几年书，可谓委曲之至！因而过去，弟与他早已认识，亦曾通函。其人甚为笃厚，亦有大志，今得受业于我兄门下，得以深造所学，弟亦很为忻喜！

　　他的一些疏失，容日后如有精神，当写呈吾兄转知他，对他亦不无裨益……

此信是潘老专门给我看并且命我抄录下来的，可能是只给看了部分，所以署名及日期均告阙如。

吴三老在信中提及我的遭际和对我的评价，并且不无期望，真是长辈的知己之言！只是他可能忘了一点：我在北师大毕业的是生物系而非中文系，不过这倒是无所谓而已。

很遗憾在离开广州后，再没能见到吴三老，直至他于1989年仙逝。但他的一位硕士生苏新春（厦门大学教授，如今也是一位著名语言学家了）曾到北京拜访我，得以结识至今，我是一直把他当作自己的师弟的。

吴宗济先生

　　吴宗济（1909—2010）先生是语言所语音室的元老。他可谓出身名门，父亲吴永，是清代名臣曾国藩之子曾纪泽的女婿，尤其是在"庚子之变"时"接驾有功"，大出过一番风头。他自己早年曾经是语音学大师赵元任、李方桂、王力、罗常培的学生，做过许多方言调查工作。1988年我就职语言所的时候，他已经是年届八旬的老先生了。

　　他待人非常平易、和气，无论男女老少。由于与语音学较为隔膜，专业的差距使我跟他接触不是很多、很密切。但他的居所劲松一区距我住的潘家园（华威西里）却不是很远，所以我起码去过几次他家——多是春节前代表所领导班子慰问老先生。还有一次是长期侨居美国、同样从事语音学研究的朋友，也是母校福州一中的校友贺宁基来北京，要我陪她拜访吴先生。那已经是晚上八九点，吴先生精神依然很好，谈锋甚健。他说，多数日子晚上九点后他都要烧一壶咖啡喝，多浓都不怕，不会影响睡眠。这真是让我新奇不已，因为我一般到晚餐后就不敢饮用茶、咖啡之类能令人兴奋的饮料了，怕影响睡眠。

　　吴先生屋里摆设的特别之处，是有许多大大小小的猫头鹰造型，还兴致勃勃地拿起得意的一两件加以显摆、介绍。这是由于他的面型或曰头型酷似猫头鹰的缘故，所以他不但不以此为讳，反而喜欢加深人们对他的这种观感和印象，这也是老先生一种童心未泯的表现吧。

吴先生接受新事物的能力超强。电脑作为文字信息处理的工具普及之时，先生已经垂垂老矣，但他能够学到熟练掌握，运用自如，真是难能可贵。

我曾经问过先生长寿且健康的秘诀，他却说："我没有什么秘诀，我在中年时候，还是一个有名的'药罐子'呢。"

吴先生对吕叔湘先生抱有很深的感激之情，一次听他说："1957年'反右派运动'刚刚开始时，我正好出差国外，吕先生制造了一些借口，让我延期回来。回国后运动已经结束，我躲过一劫，如果那时在国内，以我的出身和经历，肯定会被戴上帽子挨整。可以说吕先生用特别的措施保护了我。"

晚年的启功先生经常在我面前慨叹身体状况不佳，我除了安慰他："老年人身体有些毛病没事，只要脑子好就不怕。"还给他举我们所里吴宗济先生的例子：九十多岁还耳聪目明，还能熟练使用电脑。启先生听了，露出羡慕的神情，随即又感慨道："唉，他姓吴，我可不姓吴啊！"

我至今保存着吴先生赠送我的两篇他的打印文章，文前还客气地写上"董琨同志教正"（另一篇是"赐正"），当时捧在手里，真有不胜荣幸之感。赠送的日期是同一天，即2003年1月27日。

一篇为《从胡乔木的提问试论汉语的声调和节奏》，文前附有赵老先生之女赵如兰给他的题字："1981年胡乔木给我父亲的信，复印一份给你。"下面即是胡乔木致赵元任信的复印件。胡的提问是关于汉语诗歌、韵文的平仄、声调、句型的问题，包括了他自己对于这些问题的思考，显示了胡乔木同志在语言文字学和中国古典文学方面的深湛学养和造诣。不知道接信后赵老回复了他没有以及如何回复的，吴先生却据此撰写了一篇专业性极强的学术论文。这是个几乎所有从事汉语研究和中国古典文学研究人员共同感兴趣和反复探讨的问题。有关的专门论著也很多，著名的有王力先生的《汉语诗律学》、启功先生的《诗文声律论稿》等等，吴先生从现代语音学的角度考察和论述这个问题，自然别有见地。

另一篇的标题就很别致:《"书话同源"——试论草书书法与语调规则的关系》。从语调规则考察汉字草书书法，就我所知是前所未有。一般是说"书画同源"，这是公认的现象和说法。至于把草书书法与口语挂钩，真是一大发明。其基本观点是：草书书写速度，迅缓之间是具有节奏感的，而这种节奏竟然与口语的节奏即语调规则具有某种程度的一致性或曰协调性。文中举了历代著名书法家怀素、张旭、黄庭坚的草书作品实例，还有当代伟人且在草书方面成就卓著的毛泽东的书法作品作为例证；同时提供了语音学实验中若干发音人的语调记录图形，如此的相互配合，确实具有相当的说服力。

后来读到吴先生的自传《我的百年人生——吴宗济口述史》（商务印书馆，2022.6），在第六章第三节"我与书画"中谈到他对书法的兴趣与这篇文章：

> 我对书法的兴趣，主要是受父亲的影响……从表面上看，书法跟我们所研究的实验语音学好像不可能发生什么联系，但我在观赏古人书法，特别是古人书写的草书时，忽然发现，草书连笔很有意思，什么地方两个字之间连写，什么地方通常不连写，不是完全任意的，不是没有规律可循的。除了受汉字笔画自然流动的影响之外，它还跟我们的语言，主要是语言中的词汇有直接的关系。虽说古汉语词汇以单音节词为主，但双音节化是它变化的一个大趋势。人们在说话的时候，一个词的内部和不同词之间在节奏上是有不同的。古人在临池挥毫时，等于是用笔说话，这种节奏的变化也是有所体现的。特别是草书，又特别是性情比较放达的人写的草书，这种情况体现得尤其突出。前几年我写的一篇《书话同源》，就是想

说明这个道理。

这个问题确实很有趣味，也值得进一步深入进行探讨和研究。我打算以后有了适当时间和机会，应该做这件事，例如扩大作品的考察面，或是择取某些代表作品进行穷尽性的考察并获取可靠数据，以期得出更加明确的结论。这对于促进汉字草书书法的进一步繁荣与水平的提高，肯定是具有正面意义的。

杨伯峻先生

杨伯峻（1909—1992）先生是少有的，尚未见面就给我来信的前辈老师。

杨先生早已享名学界内外，他的《论语译注》《孟子译注》脍炙人口，影响极大，都是我们案头的必备用书，虽然长期以来他遭受不公正待遇，从北京被贬谪到兰州，连这两部著作都被剥夺了署名权，很长一段时间只署"兰州大学中文系……小组"。不过"文革"快结束时，为了要完成《春秋左传注》的课题，又把他调回北京，到中华书局担任编审。

1981年底，我们即将进行硕士学位论文答辩的时候，导师潘允中先生聘请他为论文评审。他没能来广州，只是对寄去的论文作了评审，写了书面意见寄回，完成了老朋友的这一嘱托。

我的毕业论文即硕士学位论文的题目是《汉魏六朝译经所见新兴语法成分》。

过了些日子，潘老对我说："杨伯峻先生给我来信，有一纸是写给你的，不过原件我不给你了，你拿去自己抄录下来吧。"

信的内容如下：

董琨同志：

看了你的毕业论文，颇为高兴。已写好学术评议书寄给系里。我想提出几点，供你考虑。

（一）大藏经所收译经，应该先行断代，分别研究。不仅研究语法现象，还应该研究词汇，以及语音。我去年在成都一次会议上，曾经议论编写《汉语大词典》者，应该注意"译经"。汪荣宝曾利用译经作《歌、戈、鱼、麻古读考》，其文章虽不无毛病，但这种方法是可取的。同时，可以利用研究成果来判断译经时代。譬如《四十二章经》，无论从偈语用韵上、词汇上、语法上，都可以肯定决非西汉人所译，前人（早如朱熹，近如胡适、陈垣）已有定论。

（二）从汉译佛经中研究语法或词汇，还应该和文献结合，不然，结论很难正确。以你的论文"他""边"二字而论，"他"指第三人，早见于《后汉书·费长房传》（卷112下）。即以为《后汉书》为刘宋范晔所撰，但后汉安世高所译《佛说罪业应报教化地狱经》（大正藏卷十七）亦有"诳他取财""烧他村陌""若他作罪"等语。晋人干宝《搜神记》卷三也有"适来饮他酒脯"，"他"即指前文之颜超（中华汪绍楹校注本34面）。又以"边"字论，起源不晚于你所举证，如《汉书》卷55《霍去病传》有"道边"，《北堂书钞》卷76引王隐（《晋书》有传）《晋书》有"水边"，陶潜《五柳先生传》有"宅边"，不胜枚举。大作系少年习作，诚属可贵。若继续努力，必可成为大家也。我以不能亲来参加答辩会，喜你能于大量佛经中耙梳研究，匆就记忆所及，草此数行，幸勿罪过。敬礼！

杨伯峻

81.11.12

这信简直就是一篇随时可以发表的小型学术论文，怪不得潘老也视若珍宝，舍不得把原件给我呢。

我分配回北京工作后，当然很快就去拜访了杨先生。他住在团结湖一个小区的单元里，那时还正忙于《春秋左传注》（后来还有《春秋左传词典》）的撰写。这是他多年呕心沥血的重要著作，所下的功夫不是一般人所能想象的。

杨伯峻先生是近代著名语言文字学家杨树达的侄子，有着深厚的家学渊源。他本人早年也有革命经历，1949年后曾经担任湖南省委统战部的领导职务，不过他说自己无意于官场仕途，所以很快就转到教学和学术研究领域，成为一名纯学者。

我到北京后，分配在新建的中央广播电视大学从事古代汉语教学，曾经策划了一门《古代文化史知识讲座》，比较受到社会上的重视和欢迎。该讲座聘请著名学者如王力、谭其骧、任继愈、启功等分讲若干专题，其中有《主要典籍》部分，请来杨先生讲了《浅谈〈诗经〉》《〈春秋左氏传〉浅讲》《〈论语〉和〈孟子〉》。讲稿后来收录于我和同事吴鸿清等编辑的《中国古代文化名家谈》一书（中央广播电视大学出版社，2016.12）。

我还主持了一本《古代汉语读本》，作为电大"汉语"课教材，所选文章均为短小精悍的古代名篇，请杨先生作了序。先生很是肯定，认为切合电大学员学习的实际。为此还在东北镜泊湖畔开了一个统稿会，杨先生也欣然应邀参加了。

杨先生有一对小儿女，女名逢定，男名逢棣，都是杰出有为的青年才俊，也是先生晚来所得，所以十分钟爱，舐犊之情，常难自抑。逢定北大毕业，一时未能姻缘偕合，先生很是牵挂，也曾嘱我留意物色。我介绍了一位年轻同事，后来曾当上学校领导，可见甚为优秀，小伙子是一见钟情，不料未入逢定法眼，没能成功。杨先生为此不胜惋惜，竟至达到在床上顿足抱憾的地步。这一幕为我所目击，印象至深。而这位年轻人后来一直未娶，单身至今，可见对逢定用情之专。不过男女姻缘，自有天定，后来听说逢定也名花有主，找到如意郎君了。

回忆作为语言文字学家的启功先生

启功（1912—2005）先生的人品风范，堪为一代师表；才情学问，举世罕有其匹。《世说新语》叙郭林宗评黄叔度："汪汪如万顷之陂，澄之不清，扰之不浊，其器深广，难测量也！"（《德行》）启先生足以当之。关于启功先生方方面面的话题，是写不尽，说不完的。

作为北京师范大学的一名普通学生，我有缘与启先生相识并承教整整三十五年，是我此生至大之福。先生对我影响綦大，恩重如山，我应该写出先生的教泽与我的感念。只是由于多年来囿于"课题"不断，事务缠身，一直没能着手，也不敢轻易率尔操觚。先生虽已仙逝有年，然而在我的心中永远活着，音容笑貌，历久弥晰。

也许是我后来从事语言文字工作的关系，对启先生这方面的感受会多一些，深切一些，同时与先生谈话后我也时常略有所记以备忘。值此先生百年诞辰之际，仅就语言文字方面与启功先生的接触与受教，分几个小题目谈谈。

关于古文字与文字学研究

　　启先生与多位在古文字学界享有盛名的前辈大师交往颇深——大抵与他具有辅仁大学的同事之谊。这些先生一般都比他年长，当时他只是"小字辈"，却因了自己的才华和学养，得到大师们的欣赏与关爱。启先生在他们面前，也显出"小弟弟"的模样。例如他与于思泊（省吾）先生都喜欢收藏，有时得到"好东西"，不免"显摆"一番，一次他不无得意地跟我说："中华（书局）汇印《论语》各种版本，洋洋三大册，但漏收一种日本的，年代相当于我国清代道光年间吧。我早年在海王村用六角钱买到，是全二册，跟于思泊先生一说，他说：'你尽管捡去吧！'说我'捡漏'。这部书他是花了整整三十块大洋买的，所以这么说我。"

　　他和唐立庵（兰）先生，则经常在一起鉴定古代书画。唐先生非常重视启先生的意见。一次，在对一册宋人书札进行鉴定时，唐兰、徐邦达、刘九庵等先生都在场，"意见不完全一致"，听了启先生意见，"他们几位以为理由可取……最后唐先生说：'你这一言，定则定矣。'"（《启功丛稿·题跋卷·书画鉴定三议》）这足以见出启先生在这些前辈学者中的分量了。

　　我于1978年考上中山大学研究生，见到容希白（庚）先生，谈起启先生时，他很深情地说："元白是我三十多年的好朋友啊！"次年中大主办第二届中国古文字研究会年会，启先生莅穗参加，抽空要我陪他看望容先生，多年未见的老友重逢的一幕，是我作为后辈的旁观者难以忘怀的。

　　以至于古文字研究"四堂"之一的郭沫若（鼎堂）先生，在发起"兰亭序真伪之辩"时，也主动托人请启先生撰文支持自己的观点——这种作为，当然不足为训，却也表明了启先生在学界的举足轻重。那时他还只是年逾五旬，就年资而言在学界不过是个"晚生后辈"而已。

启先生以一部《古代字体论稿》奠定了他作为文字学（包括古文字学）大师的地位。这部著作，篇幅不大，却是专门就古代文献中关于汉字字体的繁多杂乱而且相互不无抵牾的记载，进行爬梳剔抉，品题评定，得出一家之言，是典型的"以少少许胜人多多许"的著作，影响所及，可以说现今每一篇与汉字字体有关的研究论著、文章，都无不以之作为参考和引用的文献。

我个人则是因为反复研读这部著作，同时不断通过向先生求教请益，从一个生物系本科学生，走上文字学的学术道路。虽然所成有限，但我是始终流连于它给予我的嘉惠和营养的。

《古代字体论稿》1963年才由文物出版社出版，当时启先生五十一岁，这是他的第一本专著，也是长年用功积累、厚积薄发的成果。古文字学会邀请他参加年会，就是基于他具有这方面的深湛研究。他在这方面也从不满足而故步自封。上个世纪70年代之后，出土的古文字材料日见其多，启先生不断补充到他的这部著作中。1999年3月，文物出版社出了此书的新版，他亲自增加了河北满城出土的战国中山刻石和湖北云梦睡虎地的秦律简，用新的出土材料充实、证成汉字字体发展的更为完整的环节和准确的轨迹。

不过他自己说起这部著作，却是轻描淡写。已经是新世纪初年了，一次与他谈起此书，他说："我的那本只是个'稿'，不能算正式著作。"我说："不是后来又补充了不少材料吗？"他说："哪能补得完呢？新出土的东西那么多，'九店'、'郭店'……"我说："现在还有'上博'，听说要出六本。"他说："是啊，真多。还有'里耶秦简'，真不得了。"

还有一次谈起古文字考释，甲骨文之类。启先生认为："上古巫、史合一，司马迁说的'究天人之际，通古今之变'，说的确是实情：前一句指巫，后一句指史。这种职业是世袭的，所以他犯了事，汉武帝对他施以宫刑，就是要他绝后，中断这一职业。由此我想到甲骨文中的

'贞人'，有没有可能是带家族性质的，一个家族只用一个名字？"我说："这个问题可太大了，涉及甲骨文的分期问题。"他接着很认真地说："这个问题我想了几十年了。以前也请教过于思泊和唐兰先生。"

又说："还有一个字，就是《诗经·七月》'以介眉寿'的'眉'字，我想能不能释为'美'，因古文字字形中有酒尊形的部件。古人不是以有酒喝为美吗？这个意见我同那两位先生谈过，他们都笑我。"

这可见先生对古文字研究的执着与投入，同时也可见他的率真，并不讳言他与这些前辈学者的不同意见。其实古文字，包括甲骨文的考释，未有定论者甚多，但并不妨害各自提出自己的一家之言的。

上世纪90年代湖北荆州郭店出土楚简，有早期《老子》抄本三种，海内外为之轰动。启先生也很关注，一次见面时就说："《老子》，最早是王弼注本，其次是河上公。后来发现马王堆帛书甲、乙本，北大高明考证近王弼本。郭店一下子发现三本，很值得研究。说明当时《老子》很热。"但是他还有进一步的思索："我们常说'黄老之言'，'老'现在发现不少了，但是'黄'到底有何言？《黄帝内经》只是讲医学的。不知道将来会不会出土关于黄帝思想的新材料？"现在记在这里，作为启先生的一个预言吧。

关于《汉语现象论丛》

我个人一直认为启先生具有中国传统知识分子的身份认同情结，虽然他治学的方面很广，而且均有卓越的建树，但是他相当看重自己应该是个通晓汉语言文字的"小学家"。所谓小学，就是传统的语言文字学，是中华文化（许多人称为"国学"）的精粹部分，这是融汇了中国古代无数典籍文献、各种文史哲知识及文字、音韵、训诂知识的学问。启先生的恩师陈垣援庵先生，虽以治史最为著名，但也著有诸如《史讳举例》这样的力作，从传统小学的角度而言，也不愧是经典水准的作品。上述几位与启先生多年交好的前辈学者，也都是这方面的大师级的人物。启先生自己说："我一直教书，所教的仍是语文方面的课程……首先是扫开语言文字上的障碍。"(《汉语现象论丛·前言》)"回忆起来，这五十年工作的绝大部分，都是把文言变成白话。"(同上《有关文言文的一些现象、困难和设想》)毫无疑问，他认为语言文字学是他本职工作的基础，成为这一领域的专家他自视应该是本分之事。

所以他在年逾八旬，结集在香港出版了《汉语现象论丛》之后，还非常在意这部著作在语言文字学界的影响。得知我已读过这本书之后，他常问我："你们搞语言学的，对我的胡说八道有什么意见啊？"

我在中央广播电视大学任教之时，曾经花大力气，策划并制作了一门叫做"中国古代文化史讲座"的课程，分若干讲题，其中有一个"金石书画漫谈"，便是聘请启功先生讲授的。他在开讲时深情地说："伟大的中华民族文化，我认为好比一朵花，花蒂、花蕊、花瓣等，都是它的重要组成部分。这个文化史讲座的各个方面，好比是花的各个部分，金、石、书、画也是其中的一个部分。"

这个比喻以其恰当与深刻，给我的印象太强烈了，所以我在《汉语现象论丛》的一篇读后感文章（即下文说的《赏花者的审根情结》）中认为："如从这个比喻作引申，则文学艺术包括金石书画等等，好比花蕊、花瓣之类，而语言文字等似应属于花株的根的部分。因此启先生不但是作为艺术家的赏花者，而且具有科学家的审根意识和技能。一部《论丛》，就是他郁积多年的审根情结的抒发。"《论丛》的篇幅并不算大，全书字数只在18万上下，内容却涉及汉语词、句特点，古代诗歌、骈文的语法，比喻与用典，工具书编写，诗文声律，乃至对八股文、新诗、子弟书的评骘等，其分量之重，借用作者的好友张中行先生的常用话来说，就是：'令人扛不动。'"

我认为《汉语现象论丛》是一部少有的真正针对汉语特点"摆现象，讲道理"的语言学专门著作。从汉语语法学的方法角度而言，其中有关汉语语法的论述，与近年来兴起的"字本位"学说有些接近。对"字本位"语法的评价与接受度，在语言学界尚有不同意见。这里一言难尽，但总之是值得探讨的。

我说："您的大作是在香港出版的，我们所里买了，可是内地学者一般看不到，怎么发表意见啊？"随即我建议他将此书出个内地版，也就是简体字版，以便内地学者研读，他颇以为然。

于是过后不久的一天，就得到启先生的一封信：

董琨同志：

　　承示高见，于拙著《汉语现象论丛》一书中一些论点，以为值得探讨。而此书只在香港商务印书馆（出）版，内地尚少流通，因此有些读者，欲阅无从。尊意以为可在内地出一种规范字重印本（即简体字本）。此义弟甚感荷，但未知哪一出版机构愿予出版。兹即奉托，祈分神惠于联系，倘有成议，弟当将港版本中之校勘表及可再加入之篇奉上（只一篇）。诸多分神，无任感谢之至！

专此即致

敬礼！

启功　上言
1995.10.27

我得到这封信，随即征求启先生意见：给哪一家出版社合适，比如人民（出版社）、文物（出版社）、商务（印书馆）、中华（书局），等等。因为以先生的名望，相信哪个出版社都会乐意出版他的著作的。不过先生说："我倾向于给中华书局。我对'中华'很有感情，标点《清史稿》时，在那里住了好几年，简直成为我的'第二家乡'了。"于是我将此信交给在中华书局供职的老同学陈抗，他只要了复印件，之后很快答复说中华愿意出版此书的简体字本，而且就由陈抗来担任责任编辑。同时作为一道程序，还要我以语言学工作者的身份，从语言学角度对此书写个推荐材料。材料我很快地交去了，后来不知怎的，一直未曾

作者与启功先生在北师大博士生论文答辩会上

告知我,这份材料却以单篇文章的形式(等于书评吧)在东北出版的一份书评杂志上发表了。

内地版的《汉语现象论丛》补充了一篇新作,即发表于《北京师范大学学报》1994年第6期的《从单字词的灵活性谈到旧体诗的修辞问题》。新书出版后,北京师大中文系专门举办了一个"启功先生《汉语现象论丛》学术研讨会"。好几位前辈学者如钟敬文、冯其庸、郭预衡等都参加了,并且发表了高度的评价。由于这部著作所具有的学术含量和水准,不久就获得了"中国图书奖"。这与责编陈抗先生的细心编辑、校勘也是分不开的。尤其是那篇《诗文声律论稿》,有许多平平仄仄的标示,最容易出错,港版中就有不少,可是经过陈抗的编辑加工,基本上将这些问题消弭解决了。启先生为此十分满意,后来不止一次向我称赞过陈抗。

《汉语现象论丛》的内地版出版以后，启先生还多次征求我的意见，有时是给我打电话。我把倡导汉语"字本位"语法的代表性人物、北京大学徐通锵先生的观点讲述给他，启先生也很感兴趣。我自己则是另外写了一篇题为《赏花者的审根情结》的文章，参加了北京师大的那次研讨会，并且发表于《北京师范大学学报》1996年第4期，算是我交给启先生的一份作业吧。每次我跟他说有这样的"作业"，他总是很高兴。

　　不过应该指出的是，社会上，包括语言学界对启先生的这部著作的重视，我认为其程度是远远不够的。我发表于《北京师范大学学报》的文章，意图是作为"科普"的，即是向不以语言学为业的广大读者介绍启先生的语言学成果，所以先是投给《读书》杂志。当时所里一位老先生看过，觉得可以，应该是《读书》杂志文章的路子，还问我要不要请吕叔湘先生推荐一下。我认为不必了，何必惊动吕先生呢！可是没想到此稿竟遭了"枪毙"，说是一般读者可能看不懂，对此我只有无语而已，也许写得确实不够"科普"吧。

　　汉语语法学界的主流，对"字本位"的语法学一直不是很接受。当然我认为"字本位"语法本身也不成熟，同时缺乏语法分析的可操作性（比如不能体现语言与线性同时存在的层次性），所以连带着对启先生的《汉语现象论丛》也缺乏应有的重视。

　　不久以前，我在一部题为《国语运动与文学革命》（吴晓峰著，中央编译出版社，2008.12）的论著中，不意读到对启先生的这部著作的一些评论，作者认为启先生的这部著作是"对传统语言文字的价值进行重估"。"他（启功先生）认为汉语不仅在诗歌的节拍、辙调中发挥着重要的作用，还为其他体裁提供了模型，是中国文学传统的强大凝聚力，从而论证了古典汉语对于中国文学的重要意义。"我觉得这种评论角度比较新颖，也相当到位。

　　由王宁先生主持、启功先生也列名其中的北京师范大学民俗典籍文字研究中心，高度重视启功先生的学术成果，2004年7月，启先生还健在的时候，就编成了一部文摘汇编《启功先生论语言文字》，从启先生论著中撷取有关论述语言文字的部分，将近20万字，并在启功先生九十三岁寿辰之际，召开了"启功先生语言文字学学术研讨会"。我也专门撰写了一篇8千多字的论文《作为语言文字学大师的启功先生》（后来收入《民俗典籍文字研究》第三辑，北京师范大学民俗典籍文字研究中心编，2008.12）。启先生因身体欠安，未曾莅会。会后我把这篇文章交给启先生，说："再给您交一份作业。"先生露出欣慰的笑容。

关于语言文字工作

启先生对语言文字工作是很关心的，也有许多高见，在我去看望他时随时说出。这里仅就回忆所及，略谈一些。

主要是汉字问题。众所周知，上世纪50年代以来最为重大的举措是推行了简化汉字，简化字被视为规范字。对此，启先生是接受的。同时，他具有强烈的规范意识，就是：用于公开的场合，必定书写简化字，例如他书写的北师大校训"学为人师，行为世范"，就是标准的规范字。并且他对那种认为"简化字当不了书法"的论调是不以为然的，说道："写得好就是写得好，写不好就是写不好，跟是不是写简化字没有关系。"

不过，作为传统书法作品，他还是喜欢书写传统汉字，也就是繁体字。我认为书写无论繁简，他都是得心应手，左右逢源的。这倒是与国家领导人后来所说的关于汉字的三条政策（即：第一，继续贯彻执行国家现行的语言文字工作方针政策，汉字简化的方向不能改变，各种印刷品、宣传品尤应坚持使用简化字；第二，海峡两岸使用的汉字，当前可各自维持现状，一些不同的看法，可以留待将来去讨论；第三，书法是一种艺术创作，写繁体字，还是写简化字，应尊重作者的风格和习惯，可以悉听尊便）的精神一致的。

对于曾经一度时兴的"汉字要走世界共同的拼音化道路"的说法，启先生则是不赞成的。一次他用很不以为然的语气说道："周有光先生在香港发表文章，主张'四化先要拼音化'。我校俞敏先生也有类似观点。这能做到吗？"

当然，由于50年代时代特点的局限，简化字并不是没有问题的，尤其是在当今普遍应用电脑，又与海峡对岸恢复交往的情况下，这些问题就凸显出来了。

一次，我在启先生书房里聊天，正好他的一位老朋友、中华书局的赵诚先生也在，谈及中华书局出版简体横排本《二十五史》，结果读者抢购繁体字本。启先生笑着说："看来如果想促销繁体字本，不妨先放出风去，说是要出简体横排本，这样繁体字本就卖得快了。"

于是话题转到繁简汉字的利弊。启先生说："简体字是要推行，不过简化字也确有流弊。一串对一个，难免不出错。树叶的'叶'，古代是'叶（协）韵'的'叶'。广东人读 za。（我问："不是写作'人字旁'的'什'吗？"）后来才和'什'混的。《后汉书》的繁体，现在年轻人看不懂了。"我知道这是指北大吴小如教授在一次报告中痛心疾首提到的一件事：有一天他到图书馆借阅《后汉书》，因为该书的书名原先都是使用的繁体字，年轻的工作人员看不懂，找了一通，居然回答说："我们这里没有这部书。"这里涉及古籍整理和印行的用字问题。确实，许多前辈专家学者，诸如国家图书馆馆长任继愈先生等，对此问题都做过专门的呼吁。

一次我向启先生说起关于异体字整理、简体字字形中存在的问题，认为经过半个世纪以上，现在已然不好改了。启先生听完发表意见，有些激动起来："为什么改不得？50年代许多问题不是都改了吗？'反右'算不算一件大事，还能大过它去吗？"

我还谈到现在有些人主张"复繁"，即恢复繁体字。说起我最近读到一位名头很大的人物写的文章，就是直截了当，主张"复繁"的。启先生说："这人我知道，不简单。不过'复繁'的事太大，岂是我们敢说？而且这个问题涉及台湾方面，所以要慎重，不能随便发表看法。"

曾经读到中华书局傅璇琮先生一篇文章，说："1957年夏，启先生在北师大执教，据说因对字体改革即施行简体字有异议，被划为'右派'。"（《记启功先生两封信》，载王得后、钟少华主编《想念启功》，新世界出版社，2006.9）我认为这恐怕不准确，启先生当时不会对简化字的推行发表不同意见的。

关于社科院语言研究所

对于我后来供职的中国社会科学院语言研究所，启先生也很关注。我是1988年年底才从中央广播电视大学调到语言所的。把这消息告诉启先生时，他说："我跟贵所孙德宣先生是同学。他父亲教过我们语文，有个口头禅：'是吧，是吧。'"说完，笑了起来。

我初到语言所，分配在词典编辑室，任务是参与维护、修订国家品牌辞书《现代汉语词典》，编纂《现代汉语大词典》。正好，孙德宣先生也在这个编辑室工作，我与他成了不折不扣的同事，真是荣幸之至。说起启先生，孙先生倍感亲切，用敬佩的口气说："他是我们同学中最有才华的一个！"

记得是2000年的春节前，我去看望启先生，顺便请先生为语言所主办的杂志《当代语言学》题写刊名。他当时就一边拿出毛笔来，一边说道："这是我的'光荣任务'。"但是他可能没听清楚是给杂志题名，还以为是我的文章标题，所以写完后，又笑眯眯地问："是我公的大作？"我明白这是化用《华佗传》的句子，就说："岂敢岂敢，是我们所的杂志啊。"

这个"我公"，似乎值得说几句，因为现行各种辞书，包括专收古汉语词汇的《辞源》，以及古今兼收的《汉语大词典》，都没有收录这个词。此词应该是源于《三国志·华佗传》："似逢我公，车边病是也。"此处"我公"是指"我父亲"。但是"公"后来可作为敬称，称"某公"犹如称"某老"，而当面称"我公"则更显亲切了。启先生似乎喜欢使用这个词，他给西北大学薛瑞生先生的信中也有"必我公大著为独辟鸿蒙矣"之语（薛瑞生：《大星没去光犹在》，亦载上引《想念启功》）。他的国学根基、遣词造句的特点与幽默，于此也可见一斑。

一次我们说起老年人健康的话题，他说自己身体不好，我说："您的脑子好，就是体力差些，没大问题的。我们所里有一位吴宗济先生，是赵元任的高足，九十五了，还能打电脑，做课题。"先生听过不胜羡慕，但是随即又叹口气："唉，他姓吴，我可不姓吴啊。"

对语言所编纂的《现代汉语词典》，启先生也多次表示关切，有所评论。当然基本上都是正面的评价，不过也提了意见："有些说得太细了，近于繁琐。比如'是'字，列了三个字头，十五六个义项，不是太细了吗？谁能完全掌握得了呢？"

启先生说："编词典要注意新词。新词无时不有。我小时候，先祖不许用'文明'一词，当时拐杖叫'文明棍'，他说：'别的棍儿就不文明了吗？'张之洞批评手下幕僚使用来自日本的新术语，批语中有个意思是不得使用'日本名词'的字样，手下人反驳说：'"名词"就是来自日本的词啊。'张之洞就无言以应了。"后来我读到《启功丛稿·题跋卷》中有《新名词》一篇，就是讲及此事的，只是没有点名，易之以"某达官"而已。

一次说起词典应该跟着时代走，我告诉先生，"荨麻疹"的"荨"字，按照原先的读音规范应该是读 qián 的音，可是因为底下是个"寻"字，就都读成 xún 的音了，连医院的大夫都这么念。所以我们就承认了这个读音，新版《现汉》就有这个音，不过只用于"荨麻疹"，要是"荨麻"还得读 qián。先生听后，甚表赞成，说："就该这样！"随即又幽默地说："照我看，'酗（xù）酒'的'酗'，也应该改成读'凶（xiōng）'，你看喝醉酒的人不就是很凶吗？哈哈！"

一次，我对启先生说："语言学界都公认您还是语言学家，语言所和中国语言学会要给您开会祝寿呢！"他听了，笑道："嗨，我哪算什么语言学家呀？不过胡说几句罢了。你们可要口下留情，别把我太夸奖了！"说着，一边还开着玩笑，作起揖来。

启先生与语言学界的大师、我所老所长吕叔湘先生也是老朋友。因此，1998年4月9日，吕先生病逝于协和医院时，我将此消息告知启先生，他也不胜痛惋，随即拟就并工整书写了一副挽联："探语法，辨修辞，先路辟蚕丛，业广千秋尊硕学；培国本，育英才，丰功垂禹甸，辉腾四裔仰宗师。"落款为："后学启功敬挽。"（见前回忆吕叔湘先生文）

这里的"蚕丛"一词，用得实在高明。"蚕丛"原是人名，相传为古代蜀王的先祖，曾教人蚕桑，开辟了蜀地的文明。后来也用"蚕丛"喻指蜀地。这里指吕先生对近代汉语的研究与学科的建

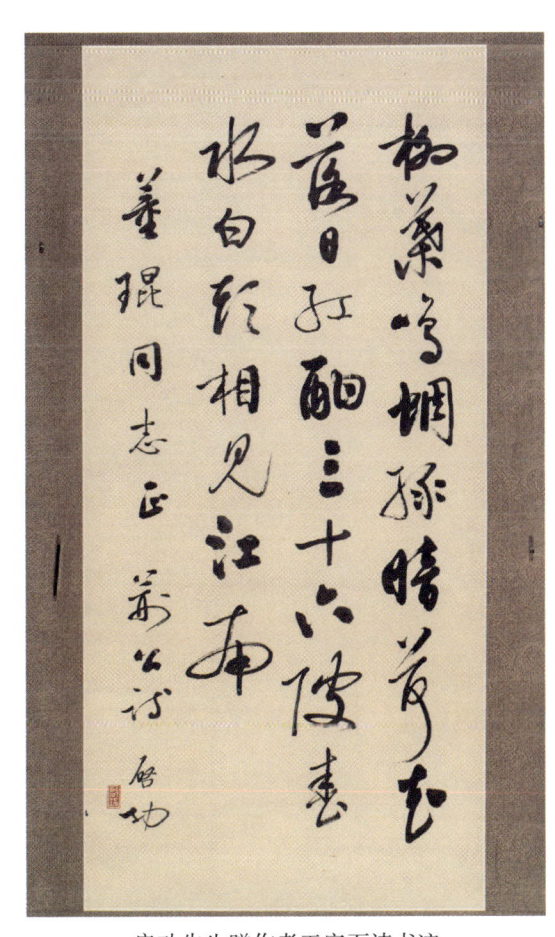

启功先生赠作者王安石诗书迹

立，有开创之功。凑巧的是，吕先生开展近代汉语研究，正是在1940年暑假后，迁居蜀地成都，任华西大学中国文化研究所研究员之时。所以，"蚕丛"在这副挽联中，具有多方面的丰富涵义，说明了启先生对吕先生生平及学术成就的深入了解与高度评价。这副挽联是用心拟就的，绝非泛泛的应酬之言。

回忆与张政烺先生的一次出行

张政烺（苑峰，1912—2005）先生是著名的古文字学家。我曾经在《古文字研究》杂志上拜读过他的文章，都是非常有分量而为诸多学者时常引用的。我也知道他还是一位中国古代史、古代文献的著名专家，但是这些方面的文章能看到的不多，引为憾事。日前在院图书馆看到并借回中华书局出版的《张政烺文集》第五卷《苑峰杂著》，如获至宝，捧读再三，获益良多。同时，又引起与先生接触过的一次珍贵的回忆。

那是上个世纪的90年代初，上海社科界酝酿、策划了一个大课题——编纂集古文字研究大成的《古文字诂林》，担纲主编的是华东师范大学教授李圃（玲璞）先生。我与李教授相识于80年代初期，那时我在国内的古文字重镇中山大学读研，中大接受教育部委托，举办了一期古文字培训班，由学界泰斗容庚、商承祚二位教授联袂主持，参加培训者也是各高校精选来的业务精英。李玲璞先生就是其中的一位。我们一见如故，彼此引为同道知己，后来联系不断。他膺此重任后，也就想到拉我以尽绵薄之力，于是吸收我加入了《古文字诂林》编纂委员会。

1991年10月，该委员会在华东师大召开"《古文字诂林》首次编纂规划论证会"，邀请一众编委尤其是前辈级的学术顾问参加，所以也可以称之为"学术顾问论证会"。

苑峰先生是当之无愧的学术顾问，但因他年事已高，届及八旬，李先生不放心他独自成行，于是委托我一路陪同照顾。给了我这个光荣任务，我当然觉得荣幸之至，欣然接受。

记得是晚上的航班，所以傍晚我找到张先生在建国门外永安南里的寓所。师母也在，和蔼可亲，也郑重地把张先生托付给我。

张先生似乎不善言辞，一路上说话不是很多。我与先生初识，面对大学者也不免有些拘谨，所以谈得不是很热烈。只记得我曾感慨古文字考释之难，先生举重若轻地说："总是要多读点书吧。"航班抵达上海，到了华东师大，已经比较晚了。

会务组安排我与张先生同住一个房间，便于照顾。

到房间后，张先生要我先冲澡，他随后。我洗完上床，已是困倦难当，但想到张先生还在冲澡，怕中途出状况，所以强撑着不使自己入睡。到得先生洗毕上床，很快就打起了呼噜，音量还不小。先生身躯魁梧肥胖，打呼噜是自然的，我却反而难以入睡了。但我觉得这样是应该的。

参加此次论证会议的还有上海本地的王元化、顾廷龙、戴家祥，来自北京的除了张先生外，还有胡厚宣、裘锡圭等先生，都是冠绝一时的学界大佬。随后两天的会议中，张先生的发言不多，但每有开口，辄中肯綮，必得众人赞同。同时我观察到张先生的胃口也很好。有时会议抓紧时间，只是发便当给大家充饥，因为质高量足，很多老先生吃不完，包括我这相对年轻的，也感到勉强，但张先生却是从容不迫地都吃得干干净净。联想到还有一个细节：就是在房间时，张先生倘若小解，毕则问我："你上不上？上完一块儿冲！"原来是为了节约自来水。看来先生不仅是身体好，而且生活之刻苦俭朴，也足以垂范后昆的。

回家的路上，我曾经请教先生的养生之道。先生摇摇头，说："没有。我是糊糊涂涂。"随即若有所思地补充道："我们这些人，都是被上帝遗忘的人。"

时隔十多年，2004年3月的一天，我到北京师大拜访启功先生。在闲谈中，他还问起张政烺先生，说："张政烺比我大四个月。听说得了脑软化，还在吗？"我答道："没听说走了啊！"启先生接着说："不过这样活着也没什么意思了。"我说："是啊，老人家最要紧是脑子好，脑子坏了，生命就失去意义了。"启先生表示首肯。

张先生谢世于2005年1月29日，启先生则是2005年6月30日。他们俩不但同年生，也同年死，真是宿命中的缘分啊。

2021年1月15日，于潘家园寓所

纪念陆先生，学习陆先生

今天，我们在这里隆重集会，纪念著名训诂学家、语法学家、语文教育家陆宗达先生的百年诞辰。我谨代表中国社会科学院语言研究所，同时也代表临时因故不能与会的中国社会科学院副院长江蓝生同志，向纪念会表示我们对陆宗达先生最崇高的敬意！

陆宗达先生的一生，勤奋于治学和著述，致力于教书和育人。其业绩成果，彪炳学界；人品师德，垂范后昆。由于陆宗达先生以及和他同时的许多前辈学者诸如黎锦熙先生、钟敬文先生、启功先生等的共同耕耘和努力，使北京师范大学成为享誉海内外的学术重镇，为中华文化做出了杰出贡献。因此，我们要纪念陆先生，学习陆先生。

第一，纪念和学习陆先生，必须肯定陆宗达先生对于继承并发扬光大中华国学从汉唐朴学直至晚清章黄学派的优良传统的重大贡献。陆先生的治学是与时俱进的。这表现在他既注重传统语言学的理论与方法，又注重吸收现代语言学的理论与方法；同时，也注重运用现代考古学指导下发掘出土的语言学新材料。这些，从他对《说文解字》的研究及其成果中都能看得很清楚。仅提对待清末以来日渐繁富的出土古文字材料，我们知道，章太炎先生采取了基本否定的态度，黄季刚先生则有委托弟子寻觅搜集之举，而到了陆先生的笔下，就相当大量而娴熟地加以运用了。

第二，纪念和学习陆宗达先生，我们不能不着重提到他对训诂学的当代复兴所做出的重大贡献。这门曾经在中华国学的建造与成熟的过程中起到巨大作用的传统学科，由于现代一般人看起来的深奥、欠普及，更由于"厚今薄古"的社会思潮的影响，在按照苏联的教育体制模式建立的学科设置中缺乏应有的地位，因此20世纪50年代以来日益陷于萎缩沉寂。而陆先生早在1957年，就在《中国语文》发表《谈一谈训诂学》，此后于"文化大革命"前夕发表《训诂浅谈》，更于改革开放的新时期伊始发表《训诂简论》，此后又和王宁老师合作发表《训诂方法论》《训诂和训诂学》等等大量著作。不但极大程度地普及了训诂学，而且在将这门传统学科与现代语言学的对接方面做了极大努力，从而使训诂学重新获得新时代的学术诠释、价值认同和学科定位。这种努力及其成效的长久功用，不仅仅在于复兴训诂学本身，而且对于弘扬博大精深、源远流长的中华文化，强化爱国主义精神，都是具有重大意义的。

第三，纪念和学习陆先生，还应该提到他对现代汉语的研究和贡献。他不但有这方面的教材与专著（例如与俞敏先生合著的《现代汉语语法》），而且积极参加50年代以来关于汉字改革、语法体系、汉语教学的探讨，发表许多有价值、有影响的意见。尤其是他在现代汉语的研究中，能够重视口语和方言材料并加以综合运用，这在当时是难能可贵的，可以说对于汉语的研究具有相当的前瞻性。陆先生留下来这部分的宝贵遗产，我们许多人还知之甚少，因而重视不够。这是我们今后学习陆先生成果需要加强的一个方面。

第四，纪念和学习陆先生，我作为社科院语言所的成员，要特别提到他与语言所的关系。语言研究所于1950年建立，是中国科学院（现在的中国社会科学院）的一个老所，保留了旧时代中央研究院历史语言研究所的大批学者，以及从全国各地延揽来的许多专门人才，应该说其整体的学术地位和门槛都是比较高的。而陆先生除在北京师范大学教授的本职之外，又在语言研究所有学术委员、《中国语文》编委、《现代汉语词典》审订委员等诸多兼职。这些都是语言研究所最具学术分量的机构和单位，在其组成人员中，陆先生的大名与叶圣陶、黎锦熙、陆志韦、丁声树、吕叔湘等这些响亮的名字并列，充分体现了他的学术地位、被尊崇的程度以及与语言所的亲密关系。时至今日，我们依然不能忘记他对语言所工作的大力支持和帮助。

陆先生所精通种种的学问，我都钻研甚少，只是拜读过先生的一些著作。以上只是简单谈谈个人的几点感受和体会，不当之处，尚祈批评指正。

谢谢大家。

2005年2月13日在北京师范大学中文系纪念陆宗达先生百年诞辰会议上的发言

胡明扬先生

在当代中国的语言学界,胡明扬先生学识渊博,心地坦荡,性格爽朗,平易近人,和蔼可亲,是一位备受尊敬和爱戴的前辈学者。

我无缘位列先生的门墙,不过多年以来,也有不少或因公或私下的接触;但是突然要写出回忆文章,却又感到茫无头绪,"一部二十四史,不知从何说起"。一时能想起的,也无非一些涓滴小事,难以勾画先生的为人治学的大节。然而大节的常态,却总是由无数的小事所构成。因此正也无妨从小事入手,回忆先生的点滴。

由于京师的广袤和彼此素日的忙碌,学界人士的见面,往往是在各种会议的场合。我和胡先生也是如此。

主要是在国家语委的一些会议上。因为胡先生年高德劭,辈列前端,而且加之本文开头所说的心地坦荡,性格爽朗,所以不论遇到何种议题,他大抵总是"打头炮",率先发言。他兼职国家语委委员多年,所以对语委及其前身"文字改革委员会"的工作,知之甚详,成败得失,无不了然。对于新中国成立以来的语言文字政策和逐项改革,以及所取得的成绩的主流,他是一向积极肯定的,但也并不讳言其间的某些失误和遗憾，包括若干程序方面的不足。比如他认为，文字改革的某些方案，其指导思想在当初似乎无可挑剔，现在看来却是有所局限，所以难免遗留一些遗憾。例如异体字整理问题，就是基于"文字改革要走拼音化道路"的思想指导，因此在科学性方面留下不少可资商榷之处。某些方案的出台，他作为语委成员，事先却并不知晓。对此他是有意见的，但说过就算了。

至于对他自己以往人生道路上的失误，他也从不讳言，例如他说早年曾写文章批判所谓"资产阶级语言学"，批评语言所多位专家合作编写的《现代汉语语法讲话》。那时年轻气盛，不知天高地厚。我回来一查，胡先生确实在1955年的《中国语文》杂志上发表过一篇这样的文章。这是当时极"左"思潮在语言文字学领域的反映，并非一人、更非年轻人之过。

不过吕叔湘先生并没有对此加以计较，反而赏识他的才华，把他招来恳谈，从此以后不断加以业务上的指导。他也就成了吕先生的入室之宾和私淑弟子，终生保持与吕先生的诚挚友谊——他自己说是"师生之谊"。吕先生对他也是充满情谊和关爱，多年下来感情也很深。据说吕先生最后一次在协和医院长期住院时，身体日渐衰弱，后来已经不太认人了。但是一次胡先生去病房探望他，吕先生却突然显得非常精神，不但认得胡先生，而且与他说了不少话。这使得一旁的护士非常惊讶，连问："这是什么人？"

每次说起吕先生，胡先生总是充满深情。由此"爱屋及乌"，胡先生对于吕先生曾经长期担任领导的社科院语言所的各项工作，总是大力支持。

胡先生十分留恋上个世纪50年代语言所的"周日茶会"：由当时的语言所领导也是语言学界公认的学术领袖罗常培先生、吕叔湘先生出面，邀请首都一些业内人士座谈学界业务。一般是由罗、吕两位先生介绍国内外语言学界的最新动态和学术前沿问题，然后交流、讨论。

胡先生时常提起这种聚会，怀念之情溢于言表，总说："对我们年轻人的帮助特别大！那时就是清茶一杯。根本不需要安排吃饭，更没有车马费！"他很希望语言所能出面恢复这种沙龙式的学界聚会，多次在各种场合提及。去年春节前，我与江蓝生同志去他家里拜早年，他还曾很认真地表达这个愿望。但是如今的社会（包括学界）的风气，岂能与50年代相提并论呢，只能是恢复在美好的回忆中罢了。

50年代曾经是新中国语言文字事业的黄金时期，举国上下，从中央到地方，从专家到群众，无不热心语言文字问题。学界和相关职能部门（如"文改会"）时常有大的举措，各种专门问题的讨论（如语法修辞规范、汉字改革、汉语拼音方案，等等）。高层领导莅临学术会议，群众来信风起云涌。胡先生多次呼吁学界要组织大的集体项目，也是希望此种状况有所恢复，但是恐怕也只能是美好愿望，徒然说说而已了。

胡先生自己对于学界的各种集体活动，也总是非常热心。例如北京语言学会的工作，他曾担任会长，后来是名誉会长。因为我在语言所工作的关系，胡先生诚邀我参加学会的活动，让我当了个副会长，所以我也不时到北京语言大学与胡先生开会见面。我的印象是：胡先生每次邀请必到，来则辄有宏论。话语如珠，笑声朗朗，很有亲和力和感染力。

作为学者，胡先生治学领域甚广，而且无不成绩斐然。这一点自有别人专门论述，谈及的已然很多，也都胜义迭出，此处不必辞费。我最感动的是，他于学问一途孜孜以求，老而弥笃，真正践行了孔夫子所提倡的"学而不厌，诲人不倦"。我以为这是学者的人生最高境界，能做到则必有好心态，还得有好身体。

胡先生是浙江海盐人，他晚年曾有兴趣于从古文字探讨有关吴方言的问题。例如他不止一次跟我讨论关于"句（勾）吴"一词，认为"句"是词头。早期吴语中还有哪些词头词缀，是他所关注的，他为此还问我有何相关的古文字材料。我则向他推荐施谢捷编纂的《吴越文字汇编》一书，并时隔数年，两次借给他。他直到今年3月（距离他辞世，已经不及数月了）才归还给我，可见他一直在思考这类问题。这令我不胜钦佩，因为他已是八十五岁高龄的老人了。

我曾经组织过若干课题，都可以说是"集体项目"，也都需要像胡先生这样的学界前辈扶掖支持。胡先生总是慨然相助，不吝指导。譬如1999年，我接了个由社科院领导牵头的重点项目——"新中国社会科学五十年"，其中一个子项目"语言学五十年"由我负责，为此由语言所出面召集了专家座谈会，搜集观点，征求意见。会议整整开了两天，胡先生始终坚持在场并积极抒发己见。上文提及的一些说法，不少就是他在这次会上的宏论。

后来我主持了一个社科基金重点项目——"语言学名词审定"，是个规模较大的集体项目，有十几个子课题。我们聘请胡先生担任顾问，他也是热心主持。不但亲自参加有关的研讨会（例如在首都师大召开的由陆俭明、周建设两位先生主持的关于语法子课题的讨论会），而且不时对我耳提面命，不止一次主动给我来电话，指示需要注意的事项，他反复强调："不能搞成只是体现一种学派的术语体系！一定要兼收并蓄，反映不同的体系和观点。"我们尽力这样做了，如今这项成果已由商务印书馆出版，胡先生却已然邈归道山，不及亲见并提出宝贵意见了，真是令人哀婉感慨之至！

就我的感觉，胡先生其实身体一向很好。他的烟瘾不小，时常"吞云吐雾"。但在会议场合，总能克制不抽，待得中间休息，才"如释重负"，猛抽一阵。依我看，这也是性情中人的一种表现。一次我向他请教养生长寿的秘诀。他笑着说："我哪有什么秘诀呢。你看我，抽烟不断，肥肉不忌，也从不锻炼。应该就是心态好吧，烦恼的事从不放在心上。"

去年春节前打电话，问候他身体情况，他还说除了有点"老年性皮肤瘙痒"，并无其他大碍。看望他时，也是谈吐敏捷，健旺如昔。不料突然染病，终至不起。虽然人生相识，终有一别；但是长者仁智，虽逝犹在，令人长忆不忘。我写这篇短文，不足以表现胡先生生平事迹的万一，只是聊以寄托自己的哀思而已。

2011 年 11 月初稿，2012 年 2 月定稿

陈新雄先生

上世纪 90 年代，我第一次赴台湾台北参加一次海峡两岸四地的文字学学术研讨会。

会议发言中当然涉及汉字简化问题。有一位台湾学者说："大陆推行简化字，是要中断乃至消灭中华文化。"我当然不能同意并接受这种观点，而且需要给以驳斥。轮到我发言时，我先认真介绍了我的来历："我来自北京，是 1946 年台北出生的，'二二八事件'后，家父领着全家回了老家福州。所以这次我到台湾开会，可以说是'旧地重游'，只是相隔了整整五十年。"此话一出，全场顿时掌声大起。"刚才那位先生的发言，我无法苟同。汉字简化，是汉字演化发展的必然，于古早已有之，而且不乏阶段性的政府行为。如本世纪 30 年代，国民政府也有过颁布'简体字表'的举措，只是后来'暂缓施行'而已。大陆推行简化字几十年，传统文化并没有发生中断的现象。"在我这个发言后，没有人反驳，会议很平静地告一段落。

会后结识了那位先生，得知他叫陈新雄（1935—2012），是台湾师范大学的教授，更是一位蔼然可亲的长者。可以说我们有缘，后来成了颇为密切交好的朋友。

他是台湾著名学者林尹的学生,精研传统音韵学和训诂学,也培养了众多学业优秀的学生。

他1935年出生于江西,十几岁时随父母移居台湾。那时已经懂事记事了,所以他对大陆故土是很怀念也是很有感情的,对社会上"台独"的逆流非常反感。跟他熟稔了以后,一次他说:"我每次上课时,开头总要痛骂陈水扁一番。我热切希望台海、大陆统一,这是不用多说的!"

林尹又是章黄学派大师黄侃黄季刚先生的先生,所以陈先生知晓许多季刚先生的逸闻轶事,喜欢加以讲述、对我都是闻所未闻。例如说黄侃原是傅斯年在北大的先生,爱之如子,经常让他住在自己家里加以照拂;傅也尊之如父,甚至早起后替他倒尿壶。但是季刚先生脾气暴躁,遇到傅做了他不满意的事,辄施痛骂乃至掌掴。一次可能是傅写文章批了章太炎,季刚先生以为他用了自己的名义,于是斥骂之余,加以殴打。这回把傅打急了,从此绝交,不复师事之。

2002年10月,我曾经应位于嘉义的台湾中正大学中文系主任竺家宁先生之邀,赴台讲学两个月,同往者有浙江大学治近代汉语的方一新教授。我们同住中正大学的专家公寓楼,做了两个月朝夕相处的邻居。讲课之余,也参加了若干学术活动,包括竺先生策划筹办的在佛光山举行的佛经语言学术研讨会。

这期间与陈新雄先生也有不少交往,一般是约好见面时间,然后我们乘台铁或高铁前往台北赴约。陈先生会安排一些旅游项目,印象较深的一次,先是乘船游览位于桃园县的石门水库,继而他问我们想不想参谒位于不远处的大溪镇的慈湖蒋公陵寝,我们当然表示想去。于是这一天游览收获不小,也留下不少照片作为纪念。

陈先生也带我们游览台北市容,品尝台岛美食。他能喝酒,但酒量不大。他并且时常带着一位男生作陪,这位小伙子灵巧可爱,除了鞍前马后地殷勤侍奉陈先生和我们，还有一个作用是我们几个吃完饭，他要"打扫战场"。陈先生一句话："把这些吃完了！"他就乖乖地从命，吃完剩菜。我曾经私下里问他："你在家里也这样吗？"他回答："才不哩！"由此我见识到了台湾的"师道尊严"，这也就是我们传统的师道尊严。

大约三年之后，陈先生应清华大学中文系（那时清华已恢复文科了）赵丽明教授的邀请，来北京讲学，住在清华园。刚好同时赵教授也邀我为她的研究生讲授训诂学，于是我和陈先生经常见面，每每课后一起共进晚餐，畅叙一切。

又过了两年，内地的"中国音韵学会"专门假座河南南阳师范学院给陈先生办了一个学术研讨会，我也应邀参加了，据说受邀名单是陈先生亲自确定的。

那次见到的陈先生，我觉得他身体已大不如前，颇呈老态，而且声音也不那么洪亮了，不过精神还是很好。会议的最后，他还表演自己喜爱而且擅长的古典诗词吟诵，声韵悠长，曲调优美，真是"绕梁三日"，令人久久不能忘怀。如今想来，可谓"广陵散"了。

在台湾某风景区与陈新雄先生（右一）、方一新教授（左一）合影

没想到那次竟是最后的见面。后来他赴美探亲（子女），我们还通过几次电子邮件，我问他："还能来大陆吗？"他的回答是："恐怕很难了，光是时差就适应不了了。"

陈新雄先生于 2012 年 7 月谢世，年尚未登八旬，现在看来，不算太高寿，未免令人惋惜遗憾。赵丽明教授在清华大学为他举办了追思会，我也参加了。

张 斌 先 生

张斌（1920–2018）先生是我国著名的现代汉语语法学家，是语言学研究三个平面理论的倡导者之一（与胡裕树合作提出）。他六十多年从事现代汉语语法的研究与教学，著作等身，尤其八十岁以后历时十年主编的一本大部头的《现代汉语描写语法》更是在学界独占鳌头，影响巨大。

我曾经有幸与张先生有过学术业务方面的来往。最早是在80年代中期，我所任职的中央广播电视大学的现代汉语课程教学已经进行了一轮，但是师生们大多对所使用的三卷本《现代汉语》教材，在篇幅、深浅度、教学方式等方面不是很满意，希望能使用密切结合多媒体远距离教学、自学为主的广播电视教学特点的教材，最好由电大教师自行编写，外聘高校著名专家指导把关。反复斟酌、调研的结果，我们把目光锁定在上海师范大学的张斌先生身上。

我当时是中央电大文科处汉语及写作教研室的负责人，邀请张先生出山相助的事，对我而言自然是"义不容辞"。于是我就独自出差赴沪，可能是带了一张中央电大的介绍信吧，找到上海师范大学张斌先生的住处，冒昧地作为不速之客拜访了久仰的张斌先生。

张先生是湖南长沙人，家中陈设简朴大气，对待后学晚辈十分平易热情。听我自报山门，说明来意之后，又仔细看了我呈上的教材编写提纲，聊过几句，就很干脆地一口答应道："电大教学工作非常重要，我答应帮你们这个忙！"

张先生言出行随，马上就投入斟酌修改教材的编写提纲，让我满意而归。

此后，张先生与我们多是书面联系。我们一边接受张先生的随时指导，一边抓紧教材的编写。终于完成《汉语讲义》初稿，1985年由中央广播电视大学出版社出版。

经过两年的教学实践及各地师生的相应反馈，我们准备对教材进行修改。1987年3月，通过福建电大现代汉语课程主管曾裕民老师的安排，我们在我的老家福州召开了《汉语讲义》教材修改会议，理所当然地邀请张先生莅临指导。张先生则欣然南下闽中，参加会议并细加指导，提出许多修改意见。我们一般照单全收，当然有些不同意见也经过讨论，由张先生详为阐述，直到我们接受。首次教材修改会议顺利进行，圆满结束，彼此皆大欢喜。

我至今还保存着张斌先生在此次教材修改会议前夕给我的一封信，显见是毛笔写的小行书，也是张斌先生的墨宝遗作了，甚可珍贵。信中写道：

> 此次修改教材，时间紧，任务重，虽然如此，总希望尽可能做得好一些。具体打算，见面时详谈吧。

于此可见张先生对修改电大教材一事的重视与认真。

张先生作为嘉宾，对福建电大的接待也是十分随和，从来不提什么额外要求。只是有一次早餐时，他说："我是湖南人，爱吃辣，这两天在你们这儿，什么菜都是偏甜的，能不能给我一点辣酱啊？"我们赶紧向服务员提出，服务员也迅即端来一碟，说是"辣酱"，一尝，仍然感觉是"甜口"的，与湘味迥异！只有无奈地向张先生表示道歉，先生倒也不以为意，笑了一笑，照常用完了早餐。

关于张斌先生，后来还可一记的是：

1988年底，我奉调中国社会科学院语言研究所，但还是跟张先生有所联系，每次出差上海，还是要去张先生府上拜访。由于我已是语言所的科研人员，所以张先生对我更多了一份亲切，因为他说："我是吕叔湘先生的学生，经常向他请益。"还说："吕先生关注现代汉语语法，经常跟我讨论，还给我一份详细提纲，要我据此写出语法教材。"还给

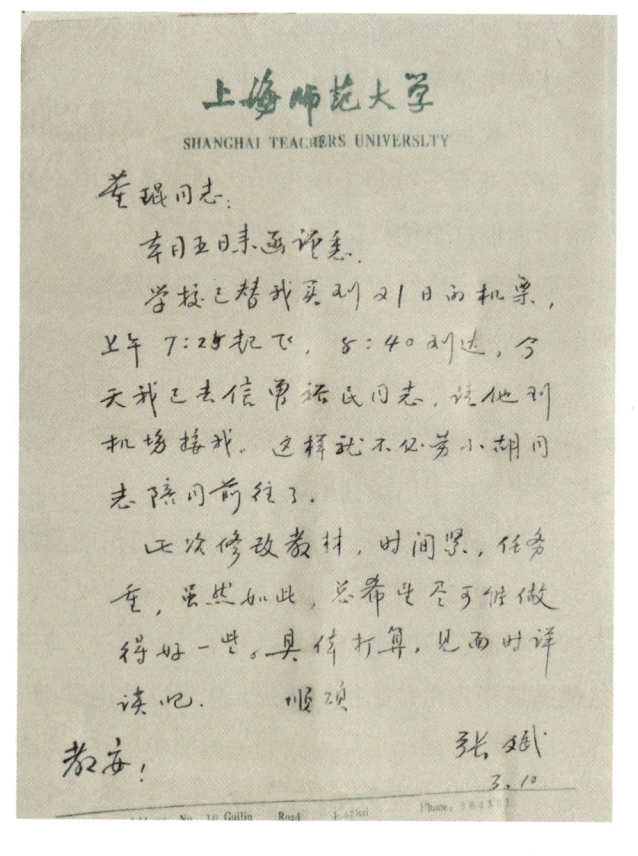

张斌先生致作者书迹

我看了那份提纲，果然非常详细。这个语法教材不知后来以何种成果的形式完成以及如何发表。

　　还有似是题外的一事不妨说说：一次，语言所在上海师大召开学术会议，我也参加了。一位年轻人找上我，很是恭敬，自称曾是电大学员，如今在这里读了张斌先生的博士。我当时还挺高兴，欣慰电大也出了这么一位高学历的人才，而且成为自己的同行。此后我还不时留意他的学术动态，感到是正在不断"茁壮成长"吧。没想到若干年（起码二十年）后，我们所因编写江蓝生同志主编的《现代汉语大词典》，在安徽绩溪召开专家会议征求意见，邀请学界同行专家与会，此君也在被邀之列，因他已成为"博导"，颇具名气了。看他在会议上下顾盼自如，谈笑风生，而我作为词典主要编写人员，也在会上发过言，但前后三四天的会议，此君对我却视如陌路之人，始终不理不睬，迎面昂首而过，更不用说"执弟子礼"了。我当然也不会主动跟他说话，只是跟同样曾是电大主讲（古代汉语）教师的北京大学何九盈先生提过有这么一位，何老师也只淡淡说了一句："他也没找我认老师，当然不用理他！"

马国权先生

马国权（1931—2002），字达堂，著名语言文字学家、书法家，容庚先生的大弟子。

我是通过郑诵先生认识他的。1972年春，我即将从北京师大分配到广东平远工作，要路过广州。诵老托付："你到广州可以拜访一下我的一位朋友马国权，他在中山大学任教，也喜欢书法。"随即给我他在广州的住址。

马先生住在广州最典型的中心街区——西关的一条巷子里，门口是带栅栏的铁门。他很热情地接待我，家人还端来带甜汤的点心，非常精致可口，看来是广州人的待客之道。我交给他诵老的信，也给他看了诵老书写给我的赠诗。后来诵老来信说，几天后他赴京出差，见到诵老也索要了赠诗。

从此我与马先生一直有通信，联系不断。说起来他应该是对我人生道路、轨迹影响较大的一位老师，1978年恢复高考，中大招收研究生的消息，是马先生首先告知我的。他说中文系招的专业有古文字、古代汉语和古代戏曲，我本来首选古文字专业（曾经跟容庚老先生通过信），但是他说古文字招收的一般是从事古文字工作的专业人员，你不适合，还是报考古汉语专业吧。于是我考取了潘允中先生招收的古代汉语专业研究生。到校一看，几位考取容庚、商承祚先生古文字专业的同窗，都是和我一样的中学教员，基本上没有从事古文字工作的经历。这使我未免感到有些失落和遗憾，因为当时我对古文字兴趣更浓。不过旋即想到学习古汉语也很好，适应面大一些，甚至也不耽误同时学习古文字；况且如果报考古文字专业，也未必一定被录取，所以也就安心下来学习古汉语了。这可以算是马先生影响我的人生轨迹之一。

当时马先生还是中山大学教师，住在中大，所以我有时于晚间去他住处拜访聊天。他依然热情接待并且介绍有关中大的种种情况。一次谈到中大的人事关系，他说："中大的人事极为复杂，可以追溯到北伐战争时期。现在中文系就起码有三大派系：广州帮、潮州帮、客家帮。你们潘老是客家人，不占主流，平时不会很舒畅的。"

当时我还认识了系里的福州老乡陈必恒教授。他也跟我说这里的人难以相处，他在广州几近四十年，基本没有交上一位本地人朋友。

受此影响，我就基本上断绝了留在中大工作、留在广州生活的念头，即使后来潘老对我产生意见，也不为所动。

不过中大毕业后，随着改革开放带来广东人文、地域环境和观念的逐渐改变，我对广州和广州人的印象及认知也发生了改变。现在如果生活重新来过，人生可以重新选择，可能会有别种选择和结局，当然这是不可能的了。

这可以说是马先生对我人生轨迹大的影响之二了。

一日，马先生告诉我，他奉调香港《大公报》担任主编，要离开中大了。从此，只是在某些学术会议（如纪念容庚先生百年诞辰学术研讨会）上见面，平日则久违了。

他在《大公报》上也颇有作为，除一般媒体业务外，也刊发了一些有影响的名家著作，像启功先生的《论书绝句百首》就是经他策划在

《大公报》上连载后结集的。他自己也有《论书绝句百首》之作,曾寄赠给我一本。

后来可能是退休了,在港闲居。1997年香港回归前夕,他未免判断失误,也未能免俗,竟将住房贱价售出而移居加拿大。后又不适应国外生活要返回香港,而其时房价大涨,买不起原先的大房子了,只好委屈住了较小的居所。

不过他仍然著述不辍,成果累累。一次,由于撰写《近代印人传》的需要,他嘱托我和史树青先生在京就近拜访调查若干已故印人(篆刻家)的后人家属,我们还一起跑了几次。

还有一阵他研究隶书,托我在京陆续买了不少汉碑印本。令我没有想到的是,他的《隶书千字文隶法解说》完稿在翰墨轩出版社出版前,居然请我作序。要知道他的前此的同类著作如《智永草书千字文草法解说》,作序的可是启功、谢稚柳、裘锡圭这些大师级人物,小子何能,岂敢"佛头着粪"?不过师命难违,只好诚惶诚恐,撰就了一篇"命题作文"。

一次,我赴港开会,会后专门去看望了马先生,见他所居果然比较

马国权先生与作者的合影

逼仄，为之叹惜。他见我来访，十分欣喜。聊过之后，得知我还要去香港大学看望研究生时代的大师兄周锡䪖，爽快说道："我也好久没有见到他了，我陪你一起去！"于是我们搭乘公交车辗转去了港大找到了周，还一起吃了晚饭。

这是2001年的事了。转过年来，有一天突然听说马国权先生谢世了！我甚为震惊，因为头年见到他时，看来身体还不错，也未听他说有什么致命之疾；况且刚

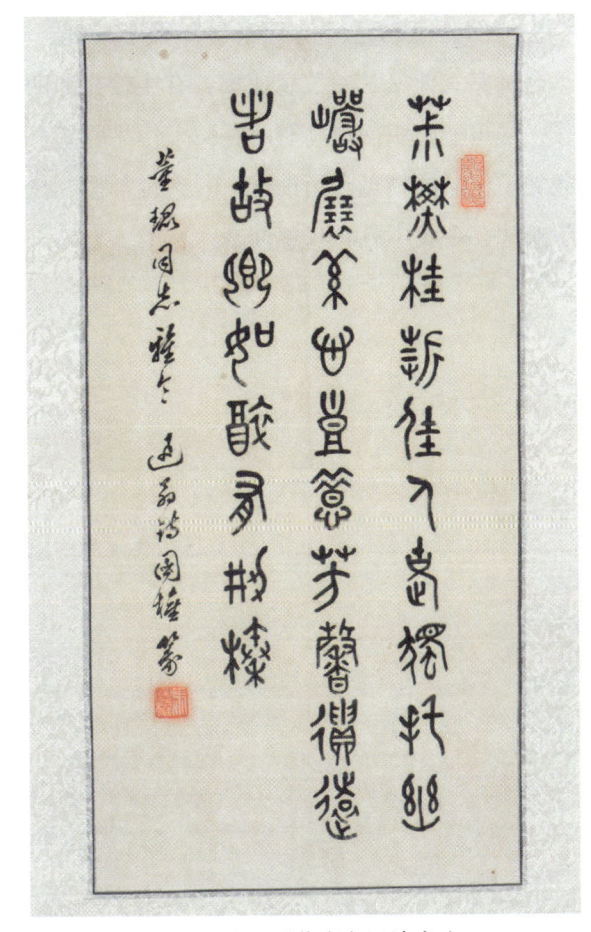

马国权先生赠作者鲁迅诗书迹

刚七十初度，今天来看尚非高寿，但总是"天有不测风云"吧，只能说是"死生有命"了。

他曾用金文书赠我一幅墨宝，写的是鲁迅的一首诗《送O.E.君携兰归国》：

　　椒焚桂折佳人老，独托幽岩展素心。
　　岂惜芳馨遗远者，故乡如醉有荆榛。

欣赏之际，深感此幅金文篆法圆熟，有一种雍然的大度。

他的公子马达为幼承家学，研习篆刻、书画，成为港岛、深圳的著名画家。他又是一位企业家，有比较充沛的财力，所以将马先生的遗作，尽可能出版问世。有时是父子作品联璧，构思精巧，曾多年制作刊载父子作品的精美台历馈赠。一次也曾拨冗抵京拜会于我，共叙其父行状遗闻，令我不胜嗟叹感怀。

平生不解藏人善

——缅怀曹先擢先生二三事

我不是北大出身,但与曹先擢(1932—2018)先生却自上个世纪80年代初就结识,至今已然将近四十年了。那时我从广东中山大学研究生毕业,分配到中央广播电视大学工作,曹先生当时还在北大,是我负责的古代汉语课程的主讲教师之一。我们有比较多的工作上的联系。北大郭锡良、曹先擢、何九盈、蒋绍愚几位老师主讲的古代汉语,是中央电大最叫座的课程之一,当时在全国古汉语教学界的影响之大,是众所周知的。

后来我跟曹先生就接触比较密切了。以至于他调离北大,就职国家语委后,我当时因为觉得在电大业务上的发展空间有限,所以也想离开电大找个新单位,他就极力劝说我也到语委去。而且他认为我能适合语委的多个部门,所以时而建议我去语委机关,时而建议我去语用所。对于语用所,他先是认为我适合去汉字室,继而又说语用所设想创建一个新的交叉学科——生理语言学,因为我本科是生物系,所以大可于此有所作为,还让我与所领导陈章太老师联系。他跟我说:"现在我是'到处逢人说项斯'，到处在介绍你啊！"最终，我想可能因为他自己也是刚到语委，虽然是副主任，但与新单位方方面面的磨合尚需时日，所以引荐新人，未能如愿。我后来就去了社科院语言所。

但是曹先生引用的那句诗"到处逢人说项斯"，却使我难以忘怀，因为此诗为唐代杨敬之所作，此句的前一句是"平生不解藏人善"，适足以体现曹先生"宅心仁厚"的长者风范。我印象中他平日的言谈之间，提到他人总是说好话，就是他的"臧否人物"，大抵只有"臧"，没有"否"。这在人际关系难免复杂的当下社会，是难能可贵的。所以今天这个追思会的名称定为"君子襟怀，长者风范"，是很准确地概括出曹先生的人品特点的。

在学问方面，曹先生经常说，他们这一代跟前辈学者如王力先生一代是无法相比的，一是要参加接二连三的各种政治运动，要承担各种行政事务（尤其是他曾经担任中文系总支书记，更是可想而知），二是繁琐的家务劳动（双职工，没有全职太太），都耗费掉不少宝贵时间，影响钻研做学问。尽管如此，他们接受的知识根基和学术训练还是相当深厚扎实的，加之自己的勤奋刻苦，所以都能成长为学界的翘楚。他曾经描述当助教时，为了更好地掌握古代天文知识，如何根据王力先生的要求，在夏天的夜晚到大操场仰望星空，了解传统星宿、星座的位置。他对许慎《说文解字》情有独钟，从60年代就开始研究，"文革"期间仍然坚持，他说过《说文》的小篆我抄了很多遍"，可以说下足了功夫，后来还在中文系开设了《说文》的专题课。我们时常听到他在不少会议的发言中引用《说文》的说解来阐述有关汉语汉字的问题。

曹先生在治学上能做到虚怀若谷，不耻下问。记得一次我参加北大的小型学术会，发言中提到早期金文常见"绘形填实"的现象。会后他特意找到我，问道："你刚才是怎么描述这种现象的，用的什么术语？"这种对于后学的谦逊态度，使我十分感动。

我在参加商务印书馆《辞源》第三版修订工作时，经常登门向曹先生请教。每次到曹老师家里，他都很关心工作的进展和遇到的问题。因为我负责百科条目的修订，时常有吃力之感，但也学到许多古代文化知识，收获很大。他赞成我的话，郑重地指出："一个人不论学问多大，都存在知识的盲区。只有承认这一点，并且认真补习，才能编好辞书。"

曹先生对语言所也很有感情，叙说过自己亲聆的丁声树、吕叔湘先生的教诲。他对二位前辈呕心沥血主编的《现代汉语词典》推崇备至，到语委后，不止一次强调过："我们搞语言规范，其实经常是拿语言所的《现代汉语词典》做标准的。比如《现汉》保留了《异体字表》的一些字，我们后来都恢复了。"这指的是1955年12月发布的《第一批异体字整理表》中作为异体字而被废除的"蒭、邱、澹、骼、彷、菰、涸、徼、薰、黏、桉、愣、晖、凋"等字，《现汉》一直单出字头，并未取消它们的现代汉语用字成员的资格。而1988年3月国家语委与新闻出版署联合发布的《现代汉语通用字表》以及其后发布的相关字表，也都确认了上述诸字的规范字资格，不再作为淘汰的异体字了。这只是一个例子而已。

曹先生后来担任了《现代汉语词典》审订委员会的主任和顾问，说明了他对《现汉》的钟情和热爱，也说明了语言所对曹先生学术上的敬重与爱戴。

曹先生推崇《现汉》，多次倡议要建立"现汉学"，他的具体论述，这里就不赘述了。但我对曹老师的这一倡议十分以为然，可以说是"于我心有戚戚焉"，所以后来我招收的第一位辞书学方向的博士研究生李斐，其博士学位论文，就是以"现汉学"为题的。

己亥年清明节于北京

李学勤先生

李学勤（1933—2019）先生也是我仰名已久的学者，不过一直到1983年，我在中央电大设计并制作一门《中国古代文化史讲座》录像课程时才得以去社科院历史所结识他。我给他介绍了这个课程的设想，包括各个专题的名称，并邀请他担任"古代的礼制和宗法"专题的主讲。他很热情，欣然接受邀请，表示我们这个课程很有意义，有助于提高全民的古代文化知识水平和修养，并且说："这个专题有一定难度，但是对于了解古代文化是非常重要的，也是非常必要的。"

2003年，这个课程的讲稿汇编（书名亦为《中国古代文化史讲座》）由广西师范大学出版社出版重印本，李先生应邀作了序，还肯定道："中央广播电视大学的这门选修课，是向社会公众普及文化史知识的一次创举。"

他在序中随即回忆道："记得那时在电大任教的董琨先生（现为中国社会科学院语言研究所副所长）来约我讲课，他以王力先生所编《古代汉语》中有关天文学史部分为例，说明这门课程的性质和意义。我听了之后颇为感动，可是他安排我讲的古代礼制问题非常复杂，我又长期荒疏，费了很大力气才将讲稿写好……"

李先生此处所述，是谦虚之言，实际上他的讲稿非常认真，也非常精彩。

后来我陪他来电大电教室录课，一路上他讲述了自己的一些经历。他说他是50年代初期院校调整前的清华大学哲学系的学生，不过没有读完，是肄业生，但是一直对清华大学怀有深厚感情，而且对院校调整后清华取消文科，觉得非常遗憾和惋惜。我想这就是他后来卸任社科院历史所所长职务后，又来到恢复了文科的清华大学担任出土文献研究与保护中心主任的情结所在吧。

李先生的学术成就是多方面的，这一点值得专门写一篇大文章加以介绍。

他的工作效率是非常高的，而且可以说他具有"异秉"：他能在周围人们聊天、喧闹的环境中悠然撰写文章，常常是一个短暂的午休过后，他的一篇文章就宣告撰写"杀青"了。

李先生还有一个极大的特点是乐于奖掖后进，他为年轻学者的著作写的序言可以说是不计其数，一部《拥彗集》即是这类文章的汇集。拥彗者，执帚扫除障碍以清道之意，用在这里是表示他乐意成为后进后学者的前驱，引导他们在治学的道路上顺利前行。

80年代中，我和其他三位同道友人合作编写了一部《商周古文字读本》，也是请的李先生写了序。他的序言总是那么贴切、深刻，绝非隔靴搔痒的泛泛之谈，这样的序言确实是可以给原著添辉增色的。我们这个《读本》先由语文出版社影印手写本，后来又由商务印书馆出版排印本，受到学界和古文字学习者的好评和欢迎，台湾也出版了翻印本。应该说，李先生的序言之功，不可埋没。序言中有一句最具分量的话："读者在使用本书时，是大可放心的。"

我后来还有缘成为李先生在社科院紫竹院昌运宫宿舍的邻居，他住在一号楼，我住到二号楼，所以时不时前往拜望请教。包括我主持国家社科基金课题《语言学名词》的编写，子课题之一有"文字学"，他也给我不少点拨和参考意见。

再后来他应聘到清华大学主持出土文献研究与保护中心，除了偶尔在一些学术会议上见面，接触就很少了。但每次见面，他总是十分热情、客气，丝毫没有大学者的架子。

有一次在潘家园旧货市场看到一批竹简，装在用溶液泡着的管子里，货主说是楚简，允许我拿走找人鉴定真伪，以决定购买与否。我就取了两管，专门跑到清华大学李先生的住处找他鉴定。他认真一看，说是伪造的。说如今这一类伪造品非常之多，有一次在湖北看到一缸子竹简，都是假的，而且造假水平也很高，一般非专业、非经眼足够多的人员，是极容易上当受骗的。

没想到 2019 年 2 月传来李先生谢世的噩耗，虽然享年八十六岁，不可谓短寿，只是以先生睿智的知性眼光、充沛的学术精力，似乎还能够更加长寿，继续在诸如"清华简"的整理研究方面做出更大贡献。遗憾的是这一切已成为不可能，我们只有在他的等身的著作中，继续领略他的教导了。

李玲璞先生

1979年，我刚就读中山大学古代汉语专业硕士研究生不久，教育部委托中文系著名教授容庚、商承祚承办一个面向全国高等院校的古文字学进修班，李玲璞（1934—2012）先生也从他任教的华东师范大学前来参加。我就是从那时候开始与他认识并结交的。

李先生面孔瘦削，个子挺拔，为人十分热情，跟我似乎缘分不浅。进修班结束后，一直与我保持联系。他是一位十分勤奋的学者，后来主攻甲骨文，马上就有相关著述如《甲骨文选读》《甲骨文字学》等，都一一寄送给我。

80年代末，他已担任全国自学高考委员会古代汉语专业委员会的秘书长，策划编写一部供自学高考学习的教材《古代汉语》，于是找到当时最权威的北京大学郭锡良教授与他一起共同主编。他在全国各地高校中物色编写人员，我当时是中央广播电视大学的古代汉语专职教师，于是有幸入选。

我们为此忙碌了好几年，也曾经到四川、海南等地举办过编写、统稿会议，一部上下册、七八十万字的教材终于编写完毕，可以问世了。

其间大家可以说彼此相处融洽，合作愉快，但是最后由语文出版社出书时，发生了一个问题，就是封面上如何署名。两位主编似乎有些各不相让，因为彼此都是具有相应身份的权威专家，排名先后还是需要有所讲究的。但是总不能为此陷入僵局，影响出书呀！后来我经过思考，出了个折衷的主意，就是：上册郭老师打头，李老师次之；下册李老师打头，郭老师次之。不料这个方案他们都接受了，并且就这样顺利出版了。事后郭师母很是把我好好表扬了一番。

李先生生前倾最大精力完成的最大一项学术工程是编纂了皇皇十二厚册（包括索引一册）的《古文字诂林》。在此之前，学界相关的著作，只是丁福保的《说文解字诂林》、台湾学者李孝定的《甲骨文字集释》，以及同样是台湾学者的周法高的《金文诂林》。所以这部《古文字诂林》的原创性及其学术价值和意义，当然是不言而喻的。这也是整个大上海的一项重大学术工程。

李先生为此先搭建了一个由学界顶尖专家组成的顾问班子，还在华东师大召开了一个论证会。他让我陪侍顾问张政烺先生一同前往，参加（我只能算旁听吧）了这个论证会。继而成立了一个编委会，我有幸成为其中的一员。

编委会成立后不久，他跟我商量，想在北京再开一个包括编委会成员的专家论证会。其时我已调职至中国社会科学院语言研究所，他说："就借贵方一处宝地开这个会吧！"于是我征得院有关部门同意，借来一个会议室。

上海方面对这个课题非常重视，作为上海一项文化标志性工程对待。亲临会议并可以说是领队的，竟然是堂堂的上海市委宣传部部长王元化先生。他也是我久仰的一位学术前辈，曾经由于受所谓"胡风反革命集团"牵连而历经坎坷，所以在会前我特意上他下榻的宾馆拜谒，相谈甚洽。

在京的古文字专家来了不少位，如北大的裘锡圭教授、我们院历史

"《古文字诂林》编纂工作论证会"的合影

所的张政烺、胡厚宣先生，包括所长李学勤先生也光临了。甚至许嘉璐先生、任继愈先生都出席了。因此这次会议得以高规格成功举办，李先生非常高兴和满意。

其实后来我之于《古文字诂林》，就没有做过什么实质性的工作。全是他组织的编纂团队（主要是他的博士点学生）辛辛苦苦、扎扎实实一个字一个字地搜集材料，选择编排，锲而不舍，一卷一卷地编下去。其间他还主办过若干相关的文字学学术研讨会，我大都参加了。

这个大工程终于胜利完成，还是使用了李先生制作的古文字排印系统（全名"古文字字形库与电脑排版系统"，李先生为第一发明人），出版质量很高。全书问世时，《文汇报》《解放日报》等上海媒体都作了报道，甚至是整版的宣传。我也应邀写了评介的文章。

《古文字诂林》问世后，好评如潮，并先后获得上海和全国共四个大奖：上海市哲学社会科学优秀成果一等奖、上海市新闻出版特等奖、首届中华优秀出版物（图书）奖、第一届中国出版政府奖图书奖。

　　李玲璞先生在文字学理论研究方面也有重大建树，他率先提出"字素"的概念并加以反复深入的阐发，在学界是有很大影响的。

　　据李先生自己说，他年轻时身体很棒，由于身材高，是打篮球的好手。可是我认识他时，就见他总是烟不离手，非常消瘦，觉得恐非长寿之征。果然，加之长年勤奋辛劳，耕耘不休，遂至积劳成疾，终至不治，于2012年遽尔离世，享年七十又八。证之如今的医疗条件和尤其是上海的人均寿命，实在不算长寿，因而令人痛惜。

李玲璞先生与作者的合影

李新魁先生

　　李新魁（1935—1997）先生是著名古汉语音韵学家，中山大学教授。当我于1978年报考中大中文系硕士研究生的时候，他尚未晋级教授，但已经负责我们入学复试的面试。初见之下，感觉一脸严肃，不怒而威。

　　不过那次的面试，他提的问题，并不是很为难我们的。由于我对音韵学既乏基础，兴趣又不是很大，所以平时趋前求教的机会不是很多；反而是毕业后来到北京工作，李老师似时常赴京公干或联系个人著作出版事宜，得暇时往往会通知我，以及同样在京工作的同届师兄（任职中华书局）陈抗兄见面，找一餐馆小聚。尤其是多次与他同时参加国内古汉语学界的学术研讨会（不限于音韵学），接触就更多了，感到李先生还是相当平易近人的，而且性格非常开朗，风趣幽默，有很强的亲和力。在他与我同时参加的学术会议中，每次我发言后，他都会私下加以点评，指出优点和毛病，并探讨有关学术问题。如有一次我提出虚词"所"表虚数的用法，会后他就给我谈了他对此类用法的意见，以为可以成立，还补充了一些例证。

李先生的老家是广东汕头澄海，作为"老广"的潮汕人，他对美食一直很是重视，可谓既耽嗜又内行。一次在山西开古汉语研讨会，一天会议安排出游，早起未用餐即出发，耽搁了不少时间，同行者似乎啧有烦言，与我邻座的李先生也说："我们广东很少这么晚还不吃早点的。"

后来听说李先生有一项豪举，就是每月择一日，邀请部分同道，包括留校工作的以往的学生（如今是同事了）聚会，探讨学术并且美餐一顿，类似学术沙龙，据说每次都是由李先生埋单做东。此种活动，既可开阔学术视野，又具饕餮之福，令我不胜艳羡。

由于性格豪爽而好交游，李先生几乎成了中山大学外交的一张名片，中外学者莅临广州，多喜与之交往。古汉语音韵学者更是将他奉为学术楷模。

李新魁先生生命中最大、最辉煌的亮点，就是他对古汉语音韵学的贡献。

早在中山大学本科时代，他就对音韵学产生了浓烈的兴趣并加以努力钻研。在大师级的音韵学家方孝岳的悉心指导下，他对号称"天书"的古音韵学专著《韵镜》进行研读，作了校证，写就了《〈韵镜〉校证》一书。方孝岳先生1960年对此稿的评价是："此稿考核详明，因一书而备知群书的异同出入，其功自不待言。"（见《〈韵镜〉校证》卷首）可见其学术起步之早，起点之高。毕业后虽在省内辗转多所高校（如广东师院、暨南大学等，最终回到中山大学）任教，但钻研学术一直不辍，且益发广博、精进：从上古音、中古音、近代音直至现代汉语普通话，从音韵学扩展至方言学、辞书学，著述累累，几可等身。他在学术界取得了公认的崇高地位，曾任中国语言学会常任理事、中国音韵学研究会副会长。

由于长年刻苦用功，勤于笔耕，所以极度影响了身体健康，甫入花甲，他即罹患膀胱癌症，此时他正在修改、审订可谓花费他毕生心血的《潮汕话大词典》。本来及早发现、及早手术，是可以屏除丧生之虞的，可是他为了及早完成这个成果，毅然继续献身学术，竟不惜错过手术的最佳机会与时间。于是终于不治，在六十二岁时即驾鹤西去，可谓英年早逝。闻者无不动容，痛惋叹惜。我也是对这位不惜以生命保学术的老师充满敬意，至今怀念不已。

与李先生多年交谊甚笃的日本大东文化大学教授濑户口律子得知他罹患重症，曾表示要捐款为他治病。据闻在李先生谢世之后濑户口教授甚至说："没有了李新魁先生，来中国都没有什么意思了。"可见李先生的交友的真挚与亲和力之强。

第二辑

璀璨群星

我所认识的郑诵老及其书法

一

1970年和1971年之交,我还在北京师范大学,等待分配,但已经可以拿到工资了。其时北京琉璃厂已经可以"内部"出售一些古旧书籍和碑帖,成为我最大的"福地",并且在那里认识了一位北京大学毕业的有同好的朋友郭庆山。一天,他带我去北京和平门内的西中胡同,拜访一位前辈书法大家——郑诵先(1893—1976)先生。我先前就久仰他的大名,早在中学时就拜读过他的大作《各种书体源流浅说》。20世纪60年代,有关书法的这类普及型读物十分匮乏,所以这部著作在当时是颇有影响的。

先生是四川富顺人,早年即以文辞书法闻名海内外。我得以瞻仰他的道范风采时,他已年近八旬,被人尊称为"诵老"。他像是独自一人生活,屋子里有一种老年读书人特有的淡淡香味,我觉得即是书籍和碑帖混合的书香。

在那个特殊的年代,看到有喜欢读书和写字的年轻人来访,诵老十分高兴、热情。他身材高大硬朗,虽届高龄而身体康健,思路清晰;略带四川口音的普通话，清朗洪亮，底气十足。他对晚辈和蔼可亲，循循善诱，诲人不倦，令人如沐春风。

诵老年高而依然好学不倦。认识不久，一次给我来了个短简，这是诵老写给我的第一封信：

  董琨同志：顷郭庆山同志来辞行，云中华近出版两书：一费正清《美国与中国》，二《尼克松六次危机》。不识足下能向图书馆借阅否？诵先启。（七二年三月）四日。

在1972年，当时"内部发行"的这两本书，犹如破冰的信号，在知识分子（或曰"读书人"）中引起的注意、重视乃至震动，是今天难以想象的。于此可见诵老头脑之清醒，对于社会之关注，对于读书之挚爱。但他所托付的这件事，对我当时一个在学校里备受冷遇的普通学生来说，难度是很大的，况且当时图书馆并不正常开放。是否完成了诵老的嘱托，现在已经记不清了。

郭庆山被分配在宁夏银川工作，回京只是探亲，时间不长，所以自结识诵老之后，我就时不时地单独去拜访他了。每次都能获得许多教益，满载而归。

诵老对我的教诲，不仅仅在于写字一道，更重要的是他从自己丰富的人生阅历，从传统知识分子亦即"读书人"的角度，指点我如何读书做人。用今天的话来讲，就是在很大程度上影响我树立基于中国文化传统的"三观"——世界观、人生观和价值观。这对于一个二十多岁的年轻人来说，其所能产生的正面效应是可想而知的。时隔将近半个世纪，如今我也已步入老年，但他的教导，对我来说有许多仍是言犹在耳。

诵老在词章方面也下过不少工夫。他常说："我虽然快八十了，但是还要学作诗，这也是一种很好的消遣吧。"这是诵老的境界，也是他的自谦。在我看来，其实他的诗词功底一直就很扎实，赋诗填词，辄有可观，老而弥笃。

在与诵老的交往（当然恰切地说，只是"交而不往"）中，他会主动馈赠我一些先前的书法作品，都是他在 20 世纪五六十年代的创作。例如书写的杜甫诗（"纨绔不饿死"）、陆游词（《钗头凤》）等，大致是今草面目，但均带有章草风味，不过似乎缺少晚年的浑厚，却多了壮年的飘逸。有一次给我一卷东西，展开一看，是很漂亮的绿色云纹笺纸横披，写的是一首词：

  苏门一士清狂，漫将礼数相尘垢。为青白眼，作郎当舞。兴来时候，天地无情。古今何事消愁？惟酒。谱新声自庆，似嘲还赞。如椽笔，横牛斗。　莫笑皤然老叟，却豪情元龙依旧。天机旷达，身余长物，称心挥手，游徧（遍）名山。相推尻俪，振衣云岫。待归来，检点诗篇画稿，似风涛吼。

  调寄水龙吟。丁酉上元奉祝。丛碧道兄六十初度。研斋弟世芬肛稿。

全篇行草，每字逾寸，煞是工整，而且都已装裱停当。

我正仔细端详欣赏，诵老在旁淡淡地开了口："这是原来准备送给一位朋友的生日礼物，后来没送成，现在就送给你吧。"我当然喜不自胜地收下了。

后来我略加查考，得知"丛碧"是著名收藏大家张伯驹先生的号，"丁酉"在 20 世纪是 1957 年。张伯驹生于 1897 年，其年适为六十周岁。但那一年张先生的遭遇，是众所周知的，所以这份生日礼物未能送成，亦不难想知也。

一次，诵老给我展示章士钊书写的条幅，也是书写的诗词，虽未臻精工，毕竟书卷气拂然。章氏书法，甚少见到，故而印象颇深，也知道前辈学人，未有不喜、不精于书法一道的。

郑诵老一生，书名早扬，交游甚广，如章士钊、陈云诰、张伯驹等算是同辈，宁斧成、黄高汉等应是晚辈了，后来还有刘炳森等入室弟子。我这样的籍籍无名之辈，就不必提了。

诵老十分热心书法公益事业。20 世纪 50 年代中，先生曾与几位同道发起组织"北京中国书法研究社",社址就设在张伯驹先生住宅里,社长也由张先生自任,诵老则担任秘书长。研究社成立以来,成功举办了几次书法展。影响所及,外省市如上海、广东等地也纷纷成立类似机构,促进了新中国书法事业的繁荣,为当代中国书法树立了丰碑。诵老还撰写、出版了《怎样学习书法》《各种书体源流浅说》等著作,深入浅出,为书法教育做出了很大的贡献。

诵老与启功先生,也夙有交往。诵老比启功先生年长近二十岁,应该说是忘年之交了。那时,我亦在母校北京师范大学结识了启功先生。一次,与启功先生提及我认识了郑诵老,启功先生表示很高兴,某日对我说:"好久没见到郑诵老了。走,你陪我看看他去!"于是,我们一起乘坐公交车去了诵老寓所。诵老见到久违的启功先生,自是兴奋异常。两位前辈寒暄之后说些什么,我大都已然忘却,只是记得一个细节,诵老曾经说如今向他求字者日众:"他们说,要学我写的字!"我觉得从表情和语气上看,诵老的意思是:"我的字哪里值得学,哪里适合年轻人学?"当然颇有自谦的意味。但启功先生应道:"那你就让他们好好学就是了!"启功先生的意思:有些年轻人说要学写字,不过说说而已,未必真的会去用功的。

启功先生在家里,有时也问起、说起诵老,对他的人品、学问和书艺,都是很尊敬、很推崇的。我有一个购自荣宝斋的素扇面,诵老为我书写了毛泽东诗,给启功先生看,他说:"写得真好!"欣然在另一面画了兰草。有一次他还半开玩笑地说,他对诵老有点小小的意见,就是诵老很少写蝇头小字,大都是比较豪放的大字,这样,凡有碑帖请他题跋时,就难免占用较大的版面,影响其他人的发挥了。

二

1972年5月,我们分配工作后离京了。临行前,诵老作了一首诗,写成条幅送给我：

> 我咏三休惭耄聩，君游六艺访涯津。
> 闲身每羡垂纶叟，俭腹尝愁问字人。
> 别早见迟深有恨，迹疏情密远弥亲。
> 骅骝开路春风暖，展足千程日未申。
>
> 琨兄将执教岭海，赋此赠别，即希吟定。诵先初稿。

我确实是经常向诵老请教各种问题，主要是有关文字、书法的"问字人"，他总是"叩之以小者则小鸣，叩之以大者则大鸣"（《礼记·学记》），向来是不假思索，侃侃而谈，何尝"俭腹"之有？此诗颈联的两句——"别早见迟深有恨，迹疏情密远弥亲"，不仅对仗工整绵密，而且情深意长，令我深深地感动了！

因为报到地点需经过广州，诵老还特地写了介绍信，让我抵穗时去拜访他的年轻朋友文字学家、书法家马国权先生。时在中山大学工作的马国权先生热情接待了我，后及早给我信息报考中山大学的研究生。从此，我的人生途中又多了一位德才兼备的好老师。

我分配到了广东省平远县热柘公社中学当教师，这是一个"鸡鸣三省"的边远山区，属于客家地区。由于从热闹繁华的京城来到一个平地不逾方里的小单位，荒凉闭塞，人地两疏，难免心情压抑，提笔疏懒，所以时隔数月，才给诵老、启功先生写信报平安。他们出于对晚辈学子的关切，都很快回了信，及时给予我莫大的慰藉。

诵老的信写的是毛笔字，洋洋洒洒两大张：

> 董琨学人足下：别来数月，思与日积，驰神岭表，怅望如何？上月马国权同志因事来京，枉过数四，颇慰阔怀，为道曾见仆赠别足下诗，因亦索诗而去，竝（并）谓元伯先生处亦未得信息，爰共叹相思千里草消息渺天涯……今日忽得手札，开缄快读，有如晤言。乃知数月之别，驰驱闽粤之间，终只得一公社中学，中情寥落可想。然仆以为未足伤也。昔清季胡林翼以名翰林而出守贵州之一

府，荒远无可展布，人皆劝其借故辞谢，以竢（俟）他图。胡不可，欣然赴任，曰："名都大府，人才众盛，吾蠡（蝨）其间，难于表见（现），边鄙之区，或为吾脱颖时耳。"而胡竟以此显。足下勉之！地虽偏僻，既坐拥皋比，责任綦重。十步之内，必有芳草。倘能育成杞梓，登诸明堂，何地无材，正待足下开辟阴翳，椷朴作人，为之开山立基，又何可以平远小县小镇徒自郁郁为哉？！为足下计，正好取箧中书，乘暇读之，豫（预）储他日之用。盖不患人之不己知，诚患一旦人知之而己无所操持以应之为可耻也。

来书牢愁太甚，故广其意，聊以相勖，愿深识吾心所以解勉之诚。平时教学接物，务卑以自牧，庶可寡悔尤耳。辱札称"吾师"，此诚古人之所大患，而何敢躬自蹈之？欲思为足下益友，故奉答不嫌觏缕，恳恳为此切磋之语以相讽励，当弗病其辞费否？平生好直言以取人憎，老而不能改也。亮之亮之！

……

挥汗书此，不觉累幅，真有纸短意长之感也。即候起居不宣。诵先启。（一九七二年）七月四日。

信中的"盖不患人之不己知，诚患一旦人知之而己无所操持以应之为可耻也"，深刻精辟，诚为千古警句，令我铭记终生。诵老的关怀使我感动，我即时作了禀复，也很快得到回信：

琨兄足下：前复一书，发讫深悔直戆，然或意足下之能受尽言也。顷展还札，适副所望，殊服雅量。授课之余，即宜闭户潜修，读书习字，若将终身焉。与朋友通候，亦当谦逊，勿发牢骚……

庆山若来，当出前后两书视之。校名"热柘"何义？想地名耳。即候起居不宣。诵先启。（一九七二年）八月十八夕。

诵老在与我的通信中，总是勉励我用功读书。认为我既然是语文教员，就应当在《说文解字》方面下足功夫。"《说文》诚必读之书，拥皋比者更当寝馈于此。"（1974年1月7日）"得来书具审起居增胜，

学业益进,深慰远怀……承示近复钻研《说文》。读书须略识字,此诚根本之学。然亦殊不易。"(1974年5月13日)

我在山区枯寂之余,有时也附庸风雅,作点小"诗",并且不揣浅薄,寄奉给诵老讨教,诵老总是鼓励为主,当然也有坦率的批评。如:

前奉惠书并歌诗,快读数过,欣慰之至。惟诗韵用乡音,偶然戏作,未为不可。中国诗韵,每苦束缚;古今人多有欲冲破牢笼者,但终无所成。此事为之极难,即言之亦非片言可尽,他日相逢,当与细论也。(一九七三年十月十七日)

闽粤乡音,多合古韵。盖由南北朝时,中原板荡,江浙士人纷纷逃死海屿,久之竟占籍闽粤;故江浙士大夫古音韵竟得与两地方言谐合,流传千古。至于嘉应客家话又别有说。(一九七二年十一月廿二日晚)

大作八句,意境、典实咸佳,惜无格调。又前与友人五古一首,前数句抒情解嘲,用韵均合,中、后两段,韵既乱而辞亦不能达意矣。何妨于此多留意焉。虽雕虫小技,亦聊可自娱。(一九七三年一月廿三日)

那几年,诵老特别注意书法界恢复活动的讯息,并在通信中反复提及:"近来书法似复重视。闻上海《文汇报》有文章提倡,仆正觅阅(十一月十四日胡某所写,并有其所写草书云),未得也。"(1972年11月22日晚)"《文汇》承剪(剪)寄,谢谢!闻又有续登四人书法之作,足下更能为觅致否(《文汇》不易订阅)?"(1973年1月20日)

对于当时的国家时事,诵老也是十分关注,体现了中国传统知识分子"家事国事天下事,事事关心"的社会情怀。

诵老夙年耽于诗词歌赋,并且对我时有馈赠,如1973年初,即我离京的第二年,即有《寄怀古温室主人》之赠:

乱山合沓围平远，寂寞董生来下帷。
简策编摩刊豕亥，胶庠讲肆拥皋比。
别君不觉年时改，老我犹耽笔墨嬉。
遥想岁寒应襆被，假归觐省慰离思。

我曾经在1975年返京一趟，同时看望诵老和启功先生。由于没想到我来拜访，乍见诵老时，他真还吃了一惊。为此，后来他也作诗一首送我：

赠董琨同学

三年万里轸相思，到眼翻惊竟是谁。
愧我衰颓常阙忘，知君攻苦下帘帷。
多耕多获廪仓实，阅世阅人经历滋。
天地生材须长养，羽毛珍护凤鸾姿。

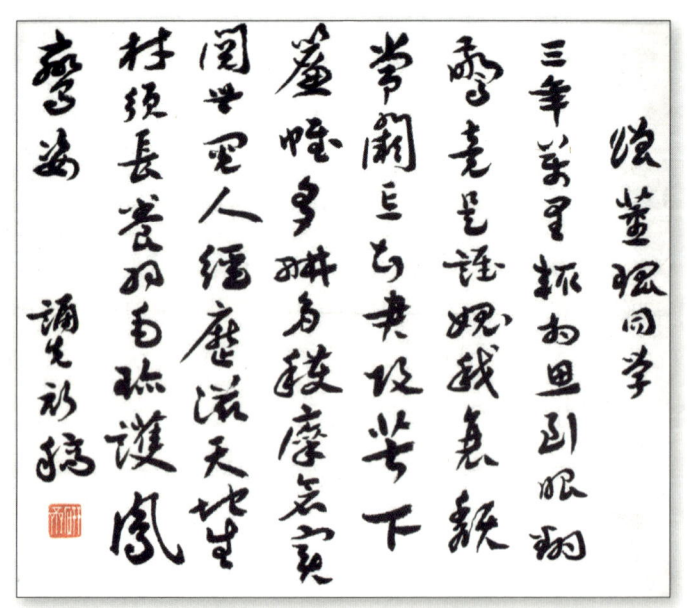

郑诵先生赠作者自作诗书迹

三

1976年起，不知怎地，我竟与诵老失去了联系，后来还是回到北京，晤及启功先生，才得知当时诵老被家人送到外地（浙江江山）避震去了，但老人家年事已高，不耐长途跋涉，竟染疾不起，遽而道山归去了。得此噩耗，我椎心泣血，悲怆无可言状。

世人一般所知道的郑诵老，大抵是一位擅长章草的书法大家而已；而对我来说，诵老除了是书法老师，也是我学问方面的课业老师，更是我的人生导师！检点平生，回想与诵老的结识与盘桓，真是我人生中的大缘分、大幸运。到哪里还能找到这样的长辈和导师？！这是一般人很难得遇上的，却在那个特殊的年代而有幸得到了！

在我刚刚走上教师岗位时，诵老认为我"坐拥皋比，责任綦重"，应该"育成杞梓，登诸明堂"，"《说文》诚必读之书，拥皋比者更当寝馈于此"。可憾当时条件差，我曾经对外联系，并自掏腰包给贫困的山区学子邮购当时上海出版的《工农兵小字典》，并教会他们如何使用，将来好有个"终身老师"。《说文解字》在平日的教学中当然是"无所奏其技"，我就用宣纸印就表格，抄录旧版《辞源》四角号码字头，然后剪裁一部线装本的《说文解字》（在北京琉璃厂中国书店所得，另购有一部段玉裁注《说文》，供日常阅读），逐字粘贴，后来也加上《甲骨文字典》等材料，作为学习范本。

1978年，通过马国权先生的导引，我考取了中山大学中文系古代汉语专业首届恢复高考后的研究生。我本科读的是北京师范大学生物系生物专业，现如此大幅度"改行"，有诸多原因，而诸如启功先生、郑诵老对我治学的志趣影响，耳提面命，未尝不是因素之一。后来我在文字学方面继续努力，出了若干这方面的小书如《商周古文字读本》（合著）、《汉字发展史话》、《中国汉字源流》等，以及数十篇有关论文

（有三十余万字的论文集《述学集》），也得到了学界的基本认可，成为中国文字学会常务理事、古文字研究会理事，并且担任了十多年中国社会科学院语言研究所的业务副所长。数年前商务印书馆修订《辞源》第三版，我有幸与北京大学何九盈教授、北京师范大学王宁教授共同担任了修订主编。可以说我正如郑诵老的鞭策与预期，多少吃上了《说文解字》这碗饭，只是现在应该叫作"语言文字工作者"了。

四

诵老对于书法的创新意识很强。1962年8月，他曾经在《光明日报》上发表一篇题为《书法艺术的创造性》的文章，开宗明义即明确指出："书法艺术是讲究创造的。从传统的基础上推陈出新，独标风格，形成一人、一时代的特殊流派；在不违悖书法的规矩法度之中，取精用弘，批判接受地来继承和发扬先民遗留下来的宝贵基业。经过这样的过程，有了新的成就，而不同于印板文章的陈陈相因，这才是书法艺术的创造性。"（又见《现代书法论文选》，上海书画出版社，1980.6）

启功先生在《郑诵先先生法书遗墨汇编跋》一文中，很概括并且很准确地描述了诵老的"变法改体"过程："新中国开国后，先生已近耳顺之年，吟咏之暇，作书弥勤。章草既工，微觉局束。乃放笔以为今草，专遵二王轨躅。适有旧家以所藏宋拓《武陵帖》求估，乃王凤洲兄弟旧藏者，先生出积蓄倾囊得之，日夕披玩，心手会通，而今草之诣，遂骎骎乎迈所作章草而上之。"

诵老还是一位中国书法方面的社会活动家。20世纪50年代后，他一直定居北京，曾经花费很多精力，投入新中国的书法事业。陈振濂的《现代中国书法史》（河南美术出版社，1996.5）第十七章对诵老多有记述：1957年，他与叶恭绰、郭沫若、陈云诰等一起，发起成立了"北京中国书法研究社"。这是"（1949年以后）第一个书法组织，它开创了现代书法组织风气之先河",人们公认"郑诵先则是此中的台柱人物,出任秘书长"。书法社成立后,举办了几次较大规模的书法展览,1958年还成功组织"中国书法展览"赴日本东京展出,这是新中国书法第一次出国展览,"即此而论,郑诵先可谓是本期书法的大功臣,他的多方奔走有了很好的反响和效应,一个轰轰烈烈的书法热潮已经初见规模"。"当然,不仅是展览;北京的书法家们又进行了其他方面的努力。郑诵先本人就经常奔走于文化宫、少年宫等地,为培植青少年书法爱好者呕心沥血,而后他又编写出《怎样学习书法》《各种书体源流浅说》等著作,以'北京中国书法研究社'的名义出版发行,还编选了欧阳询、颜真卿、柳公权、赵孟𫖯等书法字帖,以供书法爱好者们参考或临摹。所有这些,都使当时的书法青年受益匪浅。最有价值的是,在一九六四年,中央电视台举办书法电视讲座,郑诵先组织了北京一些老书家分别撰写讲稿讲义,形成了一个普及书法知识的系列。计有:溥雪斋《谈谈用笔》……郑诵先《怎样学习柳公权的书法》……作为一种组织活动,已经是斐然可观了。"

郑诵先先生杜诗扇面书迹

我所见识到的诵老书法作品，我认为无一不是章草与今草的结合，即《急就》与二王的结合。如此，他的书法风格首先是朴拙浑厚，但又不乏天真姿媚，把这两方面结合得浑然天成，是相当不容易的。在他赠送给我的书写于20世纪50年代的杜诗、陆游词等作品，都能看到这种特点。诵老的章草与今草的完美结合，可谓别开生面，充分显现了笔墨的多姿和生动。我认为这是书法创作的极致。

　　例如他给我写的一幅杜诗扇面，结体多为今草，但又兼有章草笔意（如"横、悲、扇、有、能"诸字）。墨色浓郁，显得笔笔厚重；笔道老辣，可谓字字珠玑，真是达到了孙过庭所言"人书俱老"之境，赏玩之际，令人拍案叫绝！

　　我认识郑诵老的时候，他已年届八旬，常对我说："老了，写字时手发颤了。"在他给我的一些墨宝中，确实看到了笔画颤抖的痕迹，但那只是微微的，笔力完全还能控制，尤其是结体丝毫不受影响，所以显得特别浑厚蕴蓄，特别具有书法审美的效果。启功先生认为近现代的不少章草名家，如罗复堪先生等"以北碑功力既深，所作章草，犹多方笔"，而这种"北碑之方折，刀痕掩笔迹处未免偏多矣"。就是说，过于追求刀痕的效果而不是笔锋的表现。他称赞诵老能够"植基柳法，落笔自圆，以作章草，与西陲出土之古墨迹极相吻合"。

　　在书论方面，诵老也有不少高超的见解。他对于请教书艺的后学，总是循循善诱，诲人不倦。口头的议论，已经有不少记不得了。庆幸的是，在我珍藏至今的诵老信札中，有一番诵老关于书法章法的意见：

董琨学人足下：

　　　　前辱书询写字章法。此事故书中罕及之。鄙意以为：小幅宜密，大幅宜疏；小字宜密，大字宜疏。篆书须密，隶书须疏；楷书须密，行草须疏。卷幅小则字小，密乃充实、聚气；幅大必字大，长枪大戟，必阔行疏朗，始得展布。若夫字体篆楷整齐，乌丝界画，更觉坚挺，故密无妨。汉隶横画波磔，常轶出半字。行与草笔势奔放，方见笔力。无论幅大小，总以宽行舒气为主。不审有当尊意否？

诵先启。（一九七三年）十二月廿九日灯下。

这段关于书法章法的论述，他自己说是"此事故书中罕及之"，在我看来，确实是"发前人所未发"，虽然属于宏观着眼，但是考虑及表述得十分周到：篆、隶、楷、行、草各种书体均有论及，"密""疏"二境，要言不烦；而且还论列其密、疏的理由，最后得出的总体结论是："无论幅大小，总以宽行舒气为主。"

这真是"小叩而大鸣"，这种关于汉字书法重要问题的真知灼见，如若没有几十年对于中国传统文化艺术的浸润和心得，以及深厚的古代汉语学养，是难以生发出来的。

如今我亦年逾七旬，垂垂老矣，但对郑诵老的思念，无日不萦牵于怀。实事求是地说，我还是遵从了诵老的教诲，没有在山区艰苦的岁月里自暴自弃，终于在改革开放后抓住机遇，在以后的人生中为国家、为人民做了一些力所能及的有益的事情，庶几可以告慰诵老的在天之灵吧。原本应该做得更好、贡献更大，而没能做到，仍不免庸庸碌碌，成绩有限，有负诵老的殷切期望多多了。

郑诵先先生赠作者的照片

陈次园先生

陈次园（1917—1990）先生是我在中山大学读研究生时的同窗好友陈抗的父亲，在我们同时毕业并分配回北京工作之后，就得以结识并不时前往拜谒了。

陈先生身材清癯消瘦，个子不算太高，尤其是似乎没有陈抗高，但是举止气度十分儒雅，对我们这些后辈和蔼可亲。他外语水平高超，是个著名翻译家，有不少译著存世，所以供职于国家外文局。但我平时接触所感所得，还是他深湛的国学根底和修养，以及一手漂亮的毛笔字。

我被分配在中央广播电视大学（简称电大）文科处担任古代汉语的教学工作，在与北京大学古汉语教研室几位老师录制完成《古代汉语》课程之后，我为主设计、策划了一门选修课《中国古代文化史讲座》，另外一位同仁吴鸿清则筹划了相同性质的《中国书法》课。我们都是充分发挥电大远距离、大规模教学并饱受社会、学界欢迎和重视的优势，聘请诸多一流专家学者承担课程的讲授（包括讲稿撰写和讲课录制），一门课程根据其内在知识性质，一般需要聘请多位主讲教师。

陈先生被我们聘请为《中国书法》课的主讲教师之一，主要讲授汉字书法的欣赏和碑帖的临习。为此他主编或撰写了《书法艺术》和《书法临习指导》，还指导吴鸿清编写了《中国书法艺术图录》，为电大教学做出了很大贡献，也扩大了自己的知名度和影响力。

我有一次向陈先生请教碑帖方面的问题，说自己十分喜欢《张黑女墓志》，认为它是魏碑向唐碑过渡的典型作品，结体既方正又富姿媚，笔触中既能看到刀锋又能看到笔锋，我已经临习过好几遍了，但自己还是不太满意。陈先生同意我对《张黑女墓志》的看法，说："我也一直很喜欢'张黑女'，也临过许多遍。什么时候我再临一遍送给你吧！"我当然很高兴："那就有劳大驾啦！"

过了不久，我又上陈先生家去时，他果然拿出一本装订好的《次园临黑女志》，还贴上了孙玄常先生的题签。我知道，孙先生是陈先生的老朋友，也精于书法。请他题签，可见陈先生对此事之认真与郑重。打开作品，首页钤有"次园习字"的印章，所临书迹，笔笔工整，一丝不苟，惟妙惟肖，与我往日所临，高了真是不止一个层次。对于一个无名晚辈的拜托如此用心，陈先生的人品风范真是令人肃然起敬！临本之

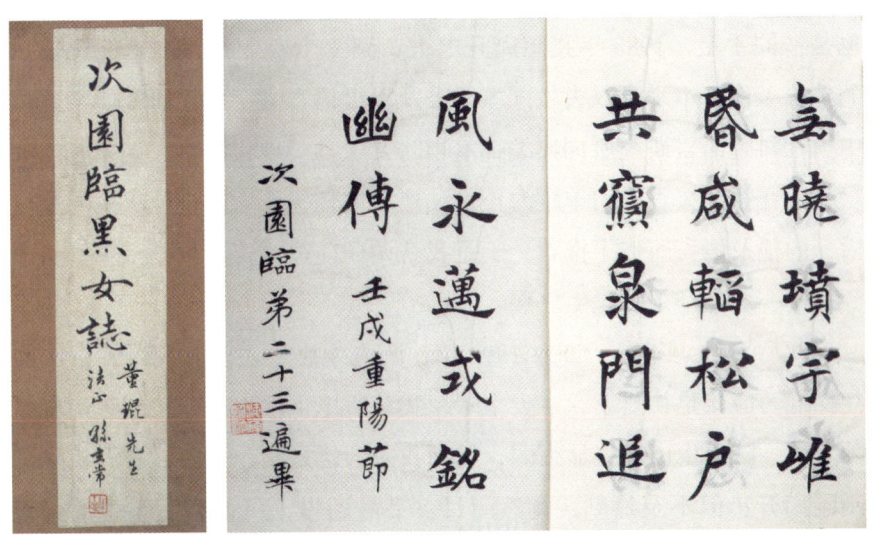

陈次园先生赠作者临《张黑女墓志》书迹及孙玄常题签

末，先生自述"临第二十三遍毕"，一碑即下如许功夫，可见他对于书法一道的勤奋与根底。

但是陈先生对于我的毛病与不足，也是不吝指出。有一年我参加在老家福建武夷山举办的纪念朱熹的学术研讨会，写了一篇关于评论朱熹书法的文章。文章刊发在相关的论文集中，我持呈并向陈先生请教。他认真读过之后，坦率指出："虽然没有什么大的硬伤，但是没有从朱熹所在世的南宋理学的角度和高度加以分析，所以文章还是显得单薄了。"我听了当然点头称是，承认自己在这方面没有下过专门功夫，同时也体会到陈先生对于中国古代哲学包括宋元理学同样也是涵养极深的。

后来我还了解到，陈先生早年还具有进步文化人的经历，曾参与开设出版《向导》等进步刊物的书店。但是新中国建国后，却曾经蒙受不白之冤，因某种"运动"被审查竟然身陷囹圄。而当年某些同道之人身居高位却漠然不曾引手施救，所在单位可能还有宵小之徒落井下石，因此身心俱受重创，虽然后来获得平反恢复公职，但心情难免郁郁，体质也一直欠佳。

陈先生有一位学生单耀海，师生情逾父子，多年交往不辍，与陈抗也是情同手足。1988年我想离开电大，到一个专业性、学术性比较强的单位工作，本来可以去往国家语委及下设语言文字应用研究所，适逢中国社科院语言研究所词典编辑室当时要上马《现代汉语大词典》的项目，正在招兵买马；而单耀海正是词典室主任，所以陈抗征求我同意之后，向他及语言所作了推荐，于是我就调职前往语言所工作至今，从根源来说，也是拜了陈先生之赐。

此后不过一年多，进入1990年，陈先生患病住院，我也曾数次前往探视。应该是初夏了，一天中午，我从所里下班出来，又到医院看望陈先生。陈先生已经很显衰弱，见到我来，还是颔首微笑，告诉我陈抗刚刚离开；但不及片刻，竟然闭目，平静谢世，可谓人生难得的"善终"了，但仍令我悲痛之至！当时还没有手机，也打不到电话，只能赶紧奔往陈抗住处，告以噩耗。

过了三两天，我协助陈抗尽速办理了陈先生的后事。印象深的是，只是家属自拟讣告并发送亲友，不知道单位外文局是否发有讣告。这之间的缘由，是耐人寻味的。

后来读到陈先生的外文局同事兼好友王湜华（著名文史学者王伯祥哲嗣）所著《音谷谈往录》（中华书局，2007.2），有专篇《陈次园》介绍陈先生为人、经历并叙述与他的交往，其中有一段文字：

> 外文局在"文革"之前就搞过一次所谓书刊检查运动，把一些无辜的翻译、编辑打成"反革命"，当然更要分化瓦解敌人，次园先生有骨气，确实不是他的错，当然不能承认，结果当然态度不好，不幸被打成"反革命"，而且属于顽抗到底的，所以蹲了三年大狱。三年后无罪释放，重回外文局工作，工资也补发了。过了两年，"文革"开始，他又受冲击，还被遣回老家改造，遭遇十分悲惨。业务也都抛荒了。他治学擅用卡片，一辈子上万张的卡片也毁于一旦。又过了三年，次园先生再获平反，又回外文局上班。

这样我终于明白家属办理陈先生的后事，何以是家属自己发讣告了。

后来我又获知，陈先生还擅长古典诗词，与叶圣陶、聂绀弩等都是诗友，曾是"中华诗词学会"的发起人之一，著有《倾盖集》（与聂绀弩、孙玄常等合作）、《朝彻楼诗词集》等，仰止之情，更上一层。

金克木先生

　　金克木（1912—2000）先生虽然与季羡林、张中行、邓广铭并称"未名四老"，我总觉得早些年他的声名未免为季羡林先生所掩，颇有"瑜亮之憾"。到晚年，他出了不少书，尤其是在读者面很广的《读书》杂志上经常发表文章，使人们看到他的学问方面之广，涉及之深，而且文笔纵横，恣肆风趣，因此十分喜爱，他的名气也就越来越大。

　　我跟金先生其实只有一面之缘，但却已感非常难得而满足了。那是因为金先生也曾在内子曹力红供职的东方出版社出过书，所以算是她的作者。她又是毕业于北大哲学系，一次要去金先生那里联系书稿的事，问我想不想去拜访金先生。这对我可谓正中下怀，于是欣然同往。

　　金先生住在朗润园，环境非常幽静，居室却显得狭窄逼仄。后来听说北大教职工有一次可以购买新居所，但金先生却因经济原因而放弃了这个机会，看来他的薪金与稿费尚不足以支撑如此的费用，可叹！

　　金先生待年轻人很是平易热情，见到内子，竟来了个饶具西方色彩的拥抱，然后才谈正题。经内子介绍，他对我也有所垂询。我当时颇兴趣于汉译佛经语法（硕士学位论文即以此为题），记得曾请教他这方面的问题。他就谈起梵语语法《波你尼经》，说是比汉语的语法无论是观念和体系都要早得多。我问：中国最早出现"语法"一词，是否见于唐代孔颖达的《五经正义》？他说这一点儿也不奇怪。

这次见面也就匆匆过去了，但也留下了深深的印象。

金先生后来还赠送墨宝一幅给内子，一笔"学者字"，书写的是一首自作诗：

> 不识人间老，
>
> 安知假与真。
>
> 且寻孔乙己，
>
> 同做无怀民。

自题新文集。戊寅夏初，金克木。时年八十有六。

（钤印：阴文"金克木"）

有此墨宝，我已心满意足，就没有再去求金先生的字了。

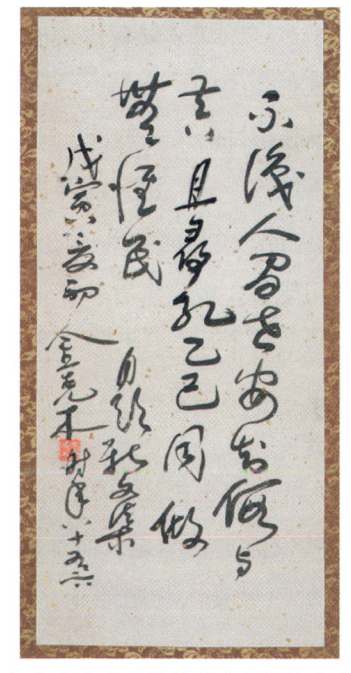

金克木先生赠作者夫人自作诗书迹

萧 军 先 生

1970年,"文化大革命"尚未结束,但是北京琉璃厂庆云堂已经悄悄地开始出售一些不带政治色彩的旧印古代碑帖了。这对我具有莫大的吸引力,加之开始领到了工资,却又没有什么正经事可做,于是前往庆云堂的频率之高,是不难想象的。

有一天,我看到一本装裱好的《礼器碑》,后面有一段很长的题跋,写得龙飞凤舞,不过还不难读下去。跋文的开头无非是说此碑有名,装裱也不错,后面则有意思了,说到此本到手的来历:那是1962年经济困难期间,某日一人上门兜售,说是饿着肚子,难以终日,无奈出让此本汉碑;不要钱,只要粮票若干斤。自己原本无意,因他的话语起了恻隐之心,家里还有些粮票,于是悉数取出,与他完成了此项交易。书此以为纪念。末尾署名"萧军"。

萧军(1907—1988)先生是鲁迅的学生,著名的作家,早为我所稔知。看来此本汉碑系被抄家流出,不知以何种途径而流落于琉璃厂肆。我当时就觉得应该拿下,以后设法物归原主。一看标价不高,可以承受,于是买下了。

此后这本碑拓随我辗转南北各地，始终在我的行囊之中。

1979年，我还在广东中山大学读研究生，想着如今"文革"结束，社会安定，应该可以完成这个心愿，将此物完璧归赵了。但是一时不知萧军先生的联系方式，我认为他是作家，应该隶属作协或文联，于是就写了一信，说明原委，信封贸然写上"中国文学艺术家联合会转萧军同志收"。

过了不久，果然收到回信，写信人"王德芬"，自称是萧军的老伴。说是萧军看到你的信，很是高兴，认为你是个好人，欢迎把此碑拓寄回，并且希望在本子后面也写上关于此事的文字，作为纪念，因为这其中也有他的一番难忘经历（大意如此）。

我当然遵嘱而行，写毕将此本寄出。后来也收到了萧军先生的感谢信，还寄来他的两部著作，一是新版《八月的乡村》，是他脍炙人口的代表作品，我在中学时就读过；一是《吴越春秋史话》，以前没见过，佩服萧军先生还能写出描述古代历史的文学作品。

他并且邀请我如有机会来北京，一定到他家里作客。我记在心里，1981年毕业分配回北京后，那时与我关系最为密切的母校福州一中的陈日亮老师已是全国人大代表，每年到北京开会。一个星期天，我与萧先生约好，并邀上陈老师，一起拜见萧先生。

萧先生住在地安门附近的银锭桥边，见到我们很是亲切，丝毫没有大作家的做派。他身材高大，脸色红润，话音洪亮，谈吐豪爽，据他说还会武功，看上去还真不像雅弱的文人。

他给我们讲述了过往的一些经历，尤其是"文革"中的遭遇，说："我要是不会一些武功，早被那些'造反派'打死了！现在我属于'出土文物'，凑合再活几年吧。"

后来听到或看到一些回忆录记述萧先生"文革"中的表现，确实很有传奇色彩。

这次拜访之后，萧军先生还寄来一幅墨宝，三尺宣，草书诗一首：

一啸群山百兽惊，

　　苍茫独步月朦胧。

　　饥寒历尽雄心老，

　　未许人前摇尾生。

录故诗《题虎月图》应董琨同志。一九八〇，八，廿二日　萧军

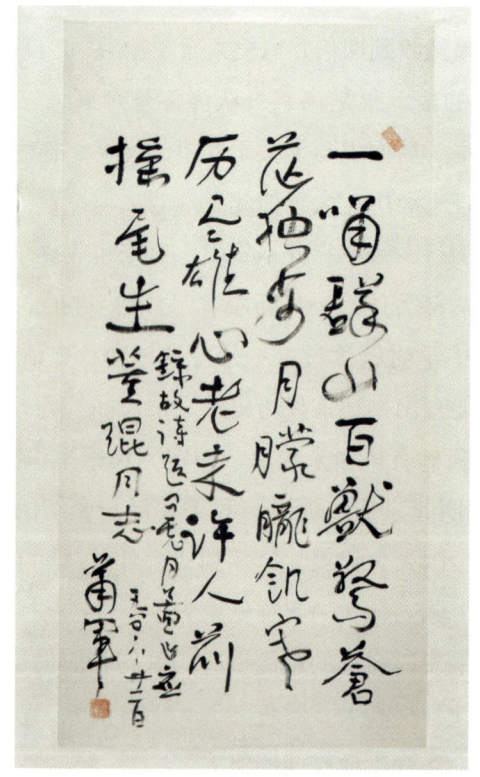

萧军先生赠作者自作诗书迹

　　坦率地说，字不算特别出色，但诗作实在好。虽是写老虎，却蕴含了自己坎坷的经历，尤其是铮铮的傲骨，"未许人前摇尾生"是萧军先生的人生准则，也是他的生存底线。

　　似乎很少见到萧军先生的书法作品，他也不以书法闻名，不过这幅难得的墨宝，理所当然地成为了我的又一珍藏。

虞 愚 先 生

虞愚（1909—1989）先生对我来说原是一位多少带有神秘性的人物，因为他擅长的学问是来自佛学的因明学，也就是古印度的逻辑学，这可以说是失传已久的一门"绝学"。他原籍是浙江山阴（绍兴），出生、成长在厦门，并长期在厦门求学并工作，上个世纪40至50年代，曾任厦门大学哲学系教授。

先生于1956年被调来北京工作，是很有来头的。据说一次印度某学术代表团访华，受到周恩来总理接见，会谈时竟有人出言不逊，说我们印度的因明学现在你们中国已经无人知晓、绝传了。总理听后吃惊，但当时似未作回应，事后询问有关部门是否存在这种情况，得到汇报说："情况并非如此，起码厦门大学虞愚教授就是懂因明学的。"总理随即指示将虞愚先生调来北京，于是先生被调到北京的中国佛学院担任教授，这又增添了关于虞愚先生的学问神秘与人生传奇的色彩。

我是"文革"后读了研究生来到北京工作之后才认识虞愚先生的，可能是因为内子曹力红在人民出版社供职，为虞先生担任过其著作的责任编辑，得以有机会与他结识。不过相识后却颇为投缘，其一是都来自

虞愚先生赠作者夫人自作诗书迹之一

福建，有"同乡"之谊；其二是我的硕士学位论文写的是汉译佛经的语法，有不少问题可以向他请教；再者我也喜欢他的书法，觉得有超然世外的肃穆悠然之气，后来他对我说，他是跟弘一法师（李叔同）学过书法的。

虞先生曾经赠给内子两幅墨宝，都是自撰的七言律诗，其一为步鲁迅原韵的：

> 健笔纵横忆昔时，
> 百年国事感棼丝。
> 彷徨独作擎天柱，
> 呐喊须麾反帝旗。
> 巨著波澜闻左翼，
> 孤灯肝胆照新诗。
> 横眉气直千夫靡，
> 落落乾坤一布衣。

鲁迅先生（诗） 即用其（韵）。 午年春作元韵。 力红同志 高评。 虞愚写旧作。
［钤章：（阳文）北山诗拾，（阴文）虞愚］

其二可以说是应景之作：

> 六年成就堪回溯，
> 大会宏谟更待宣。
> 国际歌声动寥廓，

城头旗影带山川。

心依北斗肝肠热，

雾失中天日月悬。

物质精神齐建设，

喜看党史入新篇。

党的十二大胜利召开，喜而赋此。 力红同志高评。

北山 虞愚 ［钤章：(阳文)北山诗拾，(阴文)虞愚］

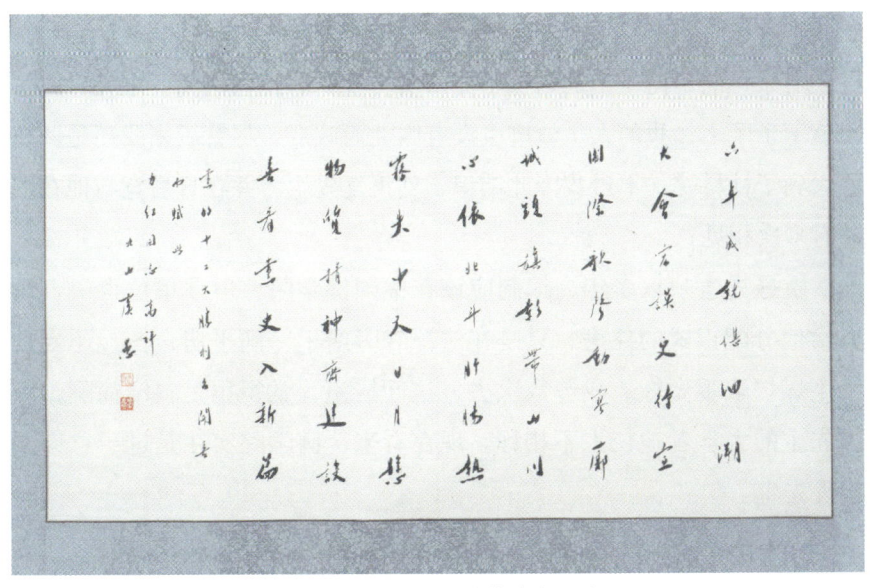

虞愚先生赠作者夫人自作诗书迹之二

我想有此两幅墨宝留作传家宝足矣，又考虑到他这方面应酬多，就没有另外向先生求字了。

不过后来发生了一件事，可能会改变我的职业和人生轨迹。一次，虞愚先生跟我说，中国社科院文学所现任所长刘再复是他在厦门大学的学生，所以几年前就聘他在文学所做兼职研究员。自己觉得一直没有为文学所做什么事，大有"尸位素餐"之感，现在想是不是在文学所挂名招一个佛教文学方向的博士生，觉得我是一个合适的人选，要我找刘再复谈一谈这件事，落实一下。

我奉先生此命，果然去文学所拜见了刘再复所长。刘所长很是平易，为人性格爽朗，他听了我的来意及情况介绍后，说："嘻！我正打算在所里创设一个'南亚文学研究室'，你干脆直接调过来搞这方面研究就是了。还要读什么博士生？"其时我还在中央广播电视大学供职，就回答说："我正住着电大的房子，往外调动恐怕要交回房子，电大才会放人。"他说："涉及房子问题我可没办法，我们这里房子也是紧张得很哪！"

后来可能是博士生的名额不能落实，我一时也无法离开电大，此事也就不了了之，我的人生轨迹也没有因此而改变，尽管后来我还是调离电大到了社科院。不过我因此结识了刘再复先生，并在日后竟与他在国外有多次相见。

虞愚先生来京多年，编制应该在中国佛学院，但该单位也一直没有给他分配正式的住房，只是在法源寺旁给了一间平房，冬天还要自己生煤炉取暖做饭。我曾数次去过这间居室，觉得很是狭窄简陋，跟虞先生的大学者地位太不相称。现在看来，佛学院实在是过于怠慢了虞愚先生。

吴恩裕先生

1975年暑假，我从工作单位所在的广东山区平远到北京看望新近丧妻的启功先生。之后略有余暇，一位世交长辈介绍我认识了红学家吴恩裕（1909—1979）先生。

吴先生当时是北京政法学院教授，蜚声于红学界，其实他是1933年清华大学哲学系的毕业生，后来要报考公费留学，没有哲学专业，只好改向考取英国伦敦大学政治经济学院，获得政治学博士学位。之后从事这方面的研究，有不少相关论著，与该学界诸位大佬如张奚若、钱端升等人齐名。但是50年代以来政治学专业又基本上被取消了，于是之后又一次转向，进入《红楼梦》研究领域，也能脱颖而出，成为红学翘楚。于此可见他在学术进取一途上的坚忍不拔，以及卓越不群的研究才华和能力。

吴先生的红学研究，路子也跟一般红学界仅囿于《红楼梦》原著本身的赏析不同，他注重于《红楼梦》作者曹雪芹的生平家世包括其交游、佚著的研究，而且注重实物、实地的调查考察。成果有《曹雪芹佚著浅探》（现收入商务版《吴恩裕文集》第四卷）、《曹雪芹丛考》（《文集》第五卷)等。由于他具有西方政治学理论方面的训练和功底,所以进行红学方面的研究也非常细密谨严,故而取得非凡不俗的成绩。

尤其难能可贵的是,吴先生还能进行"纯粹"的文学创作,收入《文集》第六卷的《曹雪芹的故事》,饶具文采,描写细腻,情节生动,人物性格刻画鲜明。而且这是一位学者撰写的故事,几乎做到"无一句无来历",将每句的叙述,凡有出处,尽数注明,如无出处,一般注明是"假定""假设""设想如此",等等,真可谓是"戴着镣铐跳舞",难度之巨,可以想见。所以他的这篇《曹雪芹的故事》发表之后,著名作家茅盾认为"写历史小说,理应如此";著名美学家朱光潜则评为"难能可贵"(《考稗小记》,《吴恩裕文集》第六卷,商务印书馆,2019.12)。

与吴先生相处的一个月里,除了聆教之外,也帮他做了些力所能及的事。如有一次替他给另一位著名红学家周汝昌带话,所以我有幸拜访了一次周先生,只是看到他年老体衰,仿佛弱不禁风,因此不忍心向他求字而已。

还有就是为吴先生誊正复写了一篇题为《脂砚斋、畸笏叟和曹雪芹——读〈瓶湖懋斋记盛〉和靖藏本〈石头记〉批语书后》的文稿,用8开纸,抄写疏朗,一共38页之多。除交给先生效果最佳的一份外,我自己也保留了一份,珍藏至今。现在取出与新版《吴恩裕文集》第五卷比较,发现系收入该书卷八《早期抄本〈石头记〉批语试解》的第一篇,改题为《读靖藏本〈石头记〉批语和〈瓶湖懋斋记盛〉谈脂砚斋、畸笏叟和曹雪芹》。但是有不少改动,如稿本的"一 关于靖藏抄本《石头记》"即被删去,原"二 由靖藏本和他本批语的年代及署名证明脂砚斋和畸笏叟是两人",改为"一 由靖本和他本批语的年代及署名证明脂砚斋和畸笏叟是两人",其他行文也不乏或多或少的修改之处,由此可见吴先生对自己撰述的认真与精益求精。对照这些改动之处,可以在论文写作"不应该这么写"和"应该这么写"方面给我们不少有益的启示。

终于我要离京返回工作单位所在的广东平远了。临走向吴先生辞别之际，他赠送我一幅墨宝，写的是行草，一首曹雪芹创作的七律诗：

唾壶崩剥慨当慷，
月荻江枫满画堂。
红粉真堪川栩栩，
渌樽那靳感茫茫。
西轩鼓板心犹壮，
北浦琵琶韵未荒。
白傅诗灵应喜甚，
定教蛮素鬼排场。

董琨同志来京盘桓多日，殊以为快。返闽之前，录曹雪芹句以赠。长白　负生。［钤印：（阳文）恩裕，（阴文）长白吴氏］

吴恩裕先生赠作者书迹

条幅中所谓"曹雪芹句"，是指曹雪芹为他的朋友四松堂主人敦诚所作《琵琶记传奇》题的诗。原诗全文已佚失，只留下最后一联即"白傅诗灵……"，现在的全诗，是现代著名红学家周汝昌先生所续成的。

吴先生应该是喜欢书法，也练过书法的。他的书写流畅潇洒，颇饶书卷之气，《文集》中时常可见他的墨迹（多用于自序或题跋），因此他对自己的书法也是比较自信和看好的。

1978年神州大地拨乱反正，恢复高考及招收研究生。按说以我在吴先生那里打了基础并且学到的一些红学知识，以及我的求学兴趣，如果当年吴先生招收这个方向的研究生，我很可能会毫不犹豫地报考的。遗憾的是他那年并没有招收研究生，可能是身在政法学院，而整个政法学院（后改名中国政法大学）当时恢复招生比多数高校晚，更谈不上红学方面的研究生了。所以我只有报考并入取中山大学古代汉语专业的研究生，而过了一年，吴恩裕先生就不幸因病谢世了。刚刚进入古稀之年，按照如今的现实和观念，真是不算长寿了。

汪曾祺先生

上个世纪90年代初，正是作家汪曾祺（1920—1997）先生声名鼎盛之际，从母校福州一中陈日亮老师那里传来一个信息：他的夫人与一中的原教导主任马秀发老师是中学同窗，而且近年来还有所联系，可以通过这个渠道结识汪先生。这个信息中还含有了汪先生的住址。陈老师希望我先行一步，拜访一下汪先生。

记得那时汪先生住在蒲芳榆的一座旧楼里，我很冒昧地前往拜访。开门后只觉得居室狭小，灯光也不是很明亮。

进门后首先拜见汪夫人，自报山门："我叫董琨，是福州一中马秀发老师的学生，她给我地址，让我来拜访您和汪先生。"听说是老家来人，又是老同学的学生，汪夫人很是热情，马上就向一旁的汪先生作了介绍，同时也向我介绍了汪先生："这是我们家老头儿汪曾祺，能写几篇文章，如今人称'最后一位士大夫'了！"我说："汪先生大名鼎鼎，如雷贯耳，今日得见，真乃三生有幸！"又告诉他们：我在中国社会科学院工作，是搞语言学研究的。

汪先生说："你们老家福州可真是好地方！有一些特产风物很有特

色，比如有一种能下饭的小菜叫'菜脯'，我的老家高邮就没有。"

先生的谈吐，非常率真坦诚，似乎丝毫不设城府，因为一会儿他就提到了自己的政治身份："我现在是中共党员，刚刚入的，好比才出笼的馒头，还冒着热气哪！"先生真是我所喜欢的那种"性情中人"，面对他的坦诚，我不由得也放开拘谨，无拘无束地"大放厥词"起来。

先生得知我也一直喜好文学，更是高兴，说得更多了，反而是夫人的话语相对比较少了。

总之，第一次的拜访，谈得很是尽兴。告别之际，他说："我不久后可能会搬家，地址会告诉你的，欢迎你再来！"

第二次见面，果然是在他的新居——福州会馆街，据说是他在《光明日报》社工作的公子汪朗单位分配的住房，是又宽敞又明亮了。这回的拜访，是和赴京参加"两会"的陈老师（作为福建省第一位中学语文特级教师和师德模范，他连任了四届的全国人大代表）一起前往的。

陈老师自然也奉敬了一些家乡风物，包括汪先生提到的"菜脯仔"。后来陈老师说汪先生很客气，还回赠他一件牦牛毛衣，说是若不收就"断交"。

汪曾祺先生与作者的合影

后来还和陈老师的另一个学生，也是我的小师妹姚丹（北大中文系毕业，当时在中国文联工作）一起到汪家作客，汪先生热情接待，还一起摄影留念。

师母汪夫人已然身体委顿，卧床不能起，每每昏睡醒来，高声呼喊："曾祺——"汪先生就赶紧放下手头一切，趋往照料，可见他们夫妇感情之笃，令人感动。

汪先生确实大有中国传统文人雅致，一次送我墨宝一幅，是二尺宣，书写的是他的自作诗：

　　　　红桃曾照秦时月，
　　　　黄菊重开陶令花。
　　　　大乱十年成一梦，
　　　　与君安坐吃擂茶。

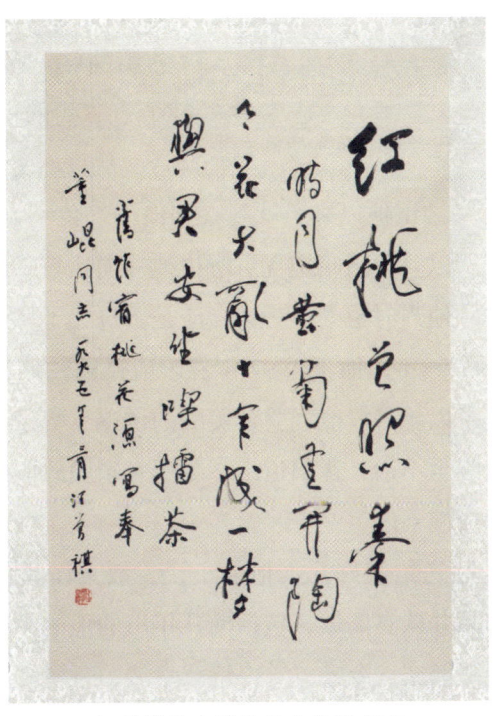

汪曾祺先生赠作者自作诗书迹

汪曾祺先生赠作者水墨画迹

末题:"旧作《宿桃花源》,写奉董崐(琨)同志,一九九五年三月,汪曾祺(阳文印)。"

这首诗作见于他写于1982年12月的著名游记散文《桃花源记》。就书法而言,全幅草法严谨,布局疏密有度;虽非专门书家,却饱含书卷气息,是一幅典型的文人书法作品。

第二年又送我一幅画,是大写意的彩墨荷花,笔触淋漓酣畅。他一边送,还一边说:"我的书画只送朋友知音,从来不卖钱!"

不过自我有幸结识他以来,就观察到他的气色不大好,脸色发乌,似非长寿之征,所以一直暗暗担忧。听说他一向比较嗜酒,我也不止一次劝他不可贪杯,他当时也颇以为然,应是听进去了。没想到此次见面并获赠画作后不及一年,他于1997年春末应邀前往四川参加五粮液酒厂主办的笔会,可以想见没能经受住美酒的诱惑,喝过了量,返京不久就引起胃出血,终至不治,遽归道山。令所有亲朋故旧以及喜欢他作品的广大读者,都痛惋不已。

汪先生还曾赠送给我好几本他的小说、散文作品,我后来也陆续买来他的不少作品并认真阅读,包括前几年出的他的小说全集。他的作品,不论小说还是散文,令人总觉得诗意盎然,意境优美,百读不厌。

沙曼翁先生

江南名士萧退庵（1876—1958），南社成员，弘一法师李叔同的好友，工书法，尤擅篆书，从学者甚众，最得意的弟子为邓散木（1898—1963）、沙曼翁（1916—2011）。在上海、苏州一带，常能见到萧先生所书的牌匾，给人留下深刻而美好的印象。

在中大读研期间，我曾经友人介绍，与邓散木先生的女公子邓国治通过几次信。其时邓先生早已作古，无缘拜访求字，于是想得到沙曼翁先生的墨宝，便成了我多年的心愿。

1981年，我被分配到位于北京的中央广播电视大学工作，住在集体宿舍，结交了一位同事的先生、书道朋友白谦慎。他是上海人，推荐我到苏州找他的好友，此君与沙先生有深交，可以通过他求到沙先生的墨宝。

次年，正好有一个到江浙一带出差的机会，我就抽便到苏州，找到这位朋友（可惜已忘其姓名），他带我拜访了沙曼翁先生。沙先生非常和蔼平易，得知我是专程前来求字的，便一口答应，马上拿纸写下几个字："祝君永康宁。"用的是石鼓文字体，很是刚劲挺拔，还落了款：

沙曼翁先生赠作者书迹之一

"集秦岐鼓文曰'祝君永康宁'。岁在壬戌年冬月　书赠董琨同志留念。曼翁。"最后钤上印章"曼翁私印"，阴文，还有一方阳文，难以辨识，似为"遹玺"。

我如愿以偿，喜不自胜，称谢告辞之际，先生要我留下姓名、单位名称，说道："今天你可谓'不速之客'，我也匆忙只写了这几个字，很是慢待。看来你是真喜欢书法的。你留下姓名、单位，改日我得空再给你写了寄去。"

沙先生言而有信，过了三年，我果然收到他寄来的又一幅墨宝，是用小篆体节临的秦始皇廿六年诏书："辞有歉疑久远不称法，毋今故明壹为功。"落款为："集秦诏辞'辞有歉疑久远不称法，毋今故明壹为功。'书赠　董琨同志留念。乙丑夏月。　曼

沙曼翁先生赠作者书迹之二

140

翁。"钤章为阴文"曼翁私印",另一方阳文印章同上作,似为"遹玺"。

　　1992年7月,由中国书法家协会主办,在北京中国美术馆举办了"爱新觉罗·曼翁书画印展",我方才知道沙先生竟是出身鼎鼎大名的爱新觉罗家族。正因为出身皇族,所以不仅书画印艺术精湛,还对人如此讲礼数,重然诺,可以说是秉持真正的贵族风度。时年先生已八十又六高龄,艺术上炉火纯青,将其毕生精华作品送展,取得了极大的成功。他的一位已知名书界的学生从五个方面概括了沙先生独特的艺术风格:极饰返素,归于平淡;唯道集虚,计白当黑;澄怀观道,穷理尽性;唯观神采,不见字形;作意在先,意与灵通(言恭达:《论沙曼翁书法篆刻艺术的美学思想》,载《中国书法通讯》2001年6期)。

钱钟书先生

——兼怀栾贵明

在中国,很少有人不知道钱钟书(1910—1998)这个名字的(当然,在国外他也很知名)。他的力作或曰代表作《管锥编》《谈艺录》等,不见得有许多人读过或是读得懂,但是他所著的小说《围城》,却因为改编为电视剧获有极高的收视率,以及那个著名的绝妙比喻——"婚姻就是一座围城:外面的人想进去,里面的人想出来"而家喻户晓,妇孺皆知。

我在北京师大结识启功先生后,他时常对我谈论或评论一些学术界、文艺界的事与人,给我的印象:他能看得上的人物不是很多,尤其是与他年纪不相上下的人。但是说起钱钟书先生,却是赞不绝口,说他"真是有学问"。

但是有机会近距离得瞻钱先生的风采,却是我奉调中国社会科学院工作数年之后。文学研究所一位中年学者栾贵明,在治学上别辟一条新的路径,就是将古代经典文献如《永乐大典》《全唐诗》《论语》等,分类分人输入电子计算机制作出数据库,编纂出各种索引。这是古典文献整理的一项基本建设工程，称为"中国古典数字工程"。栾贵明系北大古典文献学专业毕业，从事这项工作正是应需应时应分，不过在上个世纪的90年代初，他能运用电子计算机作为整理古典文献的工具，却是开风气之先的首创之举。由于是同一单位，他一向与钱钟书先生有深厚的交情，"文革"中曾多次保护钱先生和杨绛先生夫妇，使之不受或少受"造反派"的欺负和不公正的待遇。他和我研究生时代的同学陈抗是北大同窗，曾乘出差之便到中山大学探望陈抗，所以我得以结识。在听闻他与钱先生夫妇的诸多过往轶事后，我戏称他为钱先生的"子路"，因为在《论语》一书中可以看出：子路在某种意义上可以说是孔夫子的"保镖"。

栾贵明用电脑整理古典文献的创举得到了钱先生的积极支持和社科院的大力扶植，为此特别成立"计算机室"并"招兵买马"，竟把在中华书局工作多年并"前途看好"（即将提拔进入领导班子）的陈抗动员来该室就职，收入其麾下。我当时也时常利用午休等时间到计算机室聊

钱钟书（左二）、杨绛（右三）、栾贵明（左三）、陈抗（右二）等与作者的合影

钱钟书先生赠作者书迹

天,栾兄也甚愿我加入他的团队,我因初到语言所,又于古代文献整理和计算机操作所知甚少,所以未敢造次改弦更张,婉辞了他的盛意。

大概是1992年初的一天上午,我去了计算机室串门。忽然传来消息:钱先生、杨先生夫妇大驾光临!霎时间计算机室一片欢腾,年轻人更是雀跃不已。随即两位德高望重、众人钦仰的老人家笑眯眯地步入房间,问候大家,并询问工作开展情况。栾贵明一一作了回答,然后提出大家希望与两位偶像合影留念。他们欣然应允,于是大家赶紧排好,取出相机,由一位小伙子摁下快门。还要照第二张时,我看到小伙子不胜遗憾的神情,赶紧上去接过相机,叫他入列合影,所以后来我只剩下一张照片。这是与钱先生、杨先生唯一的合影,我也十分知足了。

贵明兄后来还代我求到钱先生大作《写在人生边上》的签名本,先生把"钱钟书"三字连写,龙飞凤舞,个性鲜明,阅之难忘。

以后就再也无缘见到钱先生了,只是还有一件可以说与钱先生有些瓜葛的小事,对我个人来说似可一提:家曾祖执谊公(1863—1942)一向热心乡邦文献的搜集整理,曾编成一部反映福州唐宋以迄前清历史及风土人情的话本小说《闽都别记》,共401回,部头颇为可观,于宣统辛亥年(1911年)付梓油印。此书当初默默无闻,如今却因全社会重视地方传统文化而名声大噪,俨然成为福州的"地方文化名片"。此书

钱钟书先生借阅《闽都别记》卡片书迹

后来有多种版本，包括台湾等地都出了不止一种。一次，我想知道我院文学所是否藏有此书以及是何种版本，就抽空特意去该所图书馆提出借阅，馆方很是热情，马上找出全套一摞线装《闽都别记》，还真是初版石印本（1927年出版，一函20册）。但是令我意外并吃了一惊的是，首册借书卡片上只有一个姓名，洒脱的钢笔字写着：钱钟书！我不由得更增加了对钱先生的敬仰：他博览群书，至于如此纯粹地方性的可以说是相当偏僻的著作也没有放过，真是非一般读书人所及！不知钱先生的读书笔记中有否关于此书的记载，《管锥编》中似乎未见。

当时尚未手机随身，可以随时拍照留念；但是这张借书卡我念念不忘，总觉得钱先生因此与我董家多少有点缘分。所以时隔数年之后，前不久（2023年春）又特意去了一趟文学所图书馆，说明原委，他们依然热情，取出原藏，并允许我尽情摄影拍照。

如今钱先生伉俪均已谢世，墓木已拱，虽然接触极为有限，但是仰止之情，无日或休，留此短文，以作永久的怀念！

栾贵明兄前些年还在社科院里的电梯偶遇，我们均已退休多年，但他没能躲过"新冠"疫情之劫，竟也已作了古人（1940—2022），虽已年逾八旬，仍令人不胜痛惋！只能一并在此加以纪念了。他退休后担任北京文信传文史研究院副院长，创建汉文史资料库，编纂出版了《永乐大典索引》《全唐诗索引》《宋代诗词索引》等大作，足以永久嘉惠学界，也可以不朽了。

秦似先生

  1984年5月，由香港大学语文研习所、香港中文大学中国语文研习所、浸会学院文学院等单位联合举办了"第一届普通话教学与测试研讨会"，除香港本地学者外，还邀请内地学者参加。因为是首次召开这种主题的学术会议，地点又是香港，当时能有这样的出境机会还是比较稀罕的，所以受到了内地学术界的普遍重视，受邀学者都认真准备论文，准时与会。

  我当时还在中央广播电视大学任教，也接到了参会的邀请。这是首次赴港，当然十分乐意前往。会前准备的论文记得是探讨刘心武一篇京味小说的若干语言特点以与普通话教学挂钩。

  在香港下榻的酒店，现在想来比较一般，但当时觉得还是挺高级的。客房应是标准间，要两个人同住一间，如此安排在现在是比较罕见的，不过当时则恬不为怪，也无不适之感。

  且说首晚入住时，见到的同住者是一位胖硕的老先生，操着带两广一带口音的普通话，自我介绍是广西大学的教授，名叫秦似（1917—1986）。

这个名字我前有所闻，是个文化人，好像还是个"老革命"，尤其知道是我敬爱的语言学大师王力先生的长公子。这使我很高兴，能和名人成为"室友"，深感荣幸，忙说："久仰久仰！"

秦似先生待人热情，与我一见如故，也很是健谈，可谓滔滔不绝。他说自己原名王缉和，秦似是后来开始写作生涯后所取的笔名。"秦"为母姓，"似"为"以人"二字合成，意为活在世上要以人的姿态出现，活得要像个人。

抗战期间，他曾在广西桂林与聂绀弩、宋云彬等进步文化人创办专刊杂文的《野草》杂志，成为中国杂文史上的丰碑。他自己也撰写诸多杂文，被夏衍予以"仿鲁迅笔法，可以乱真"的评价。抗战结束后赴香港，又和茅盾共同主编《文艺周刊》。新中国成立后，被任命为广西文化局副局长、广西文联副主席。经历了历次"运动"导致的坎坷，1963年，他前往北京大学，在父亲王力先生那里进修汉语音韵学，曾被传为佳话。1975年，他出版了《现代诗韵》，发行量近百万册，影响巨大。

秦似先生的旧体诗也写得很好，以至于王力先生说是"跨灶"了，广西方言的意思是"儿子超过父亲"。

他与我相当投契，我们每晚交谈甚久，很是愉快，以至于不在意他入睡后的呼噜大作。

我与秦先生在那次香港会议结识时，他是广西大学中文系主任。我回北京后，不久他竟寄来一幅草书，写的是他创作的旧体诗《宿花溪一首》：

偶因风雨宿花溪，
高馆重楼压钓矶。
乡酒刺梨堪一醉，
困人天气阻航时。

诗好，书法也潇洒，可谓"双优"。

后来，我在潘家园旧书摊上见到秦先生的《现代诗韵》（广西人民出版社，1979.8），分外亲切，赶紧买了下来。

王力先生出生于 1900 年 8 月，1917 年 10 月生了秦似，可谓"早育"，但无碍于秦似的才华出众。1986 年 5 月，王力先生逝世，同年 7 月，秦似先生逝世，父子俩同一年离世，似是较为罕见的。

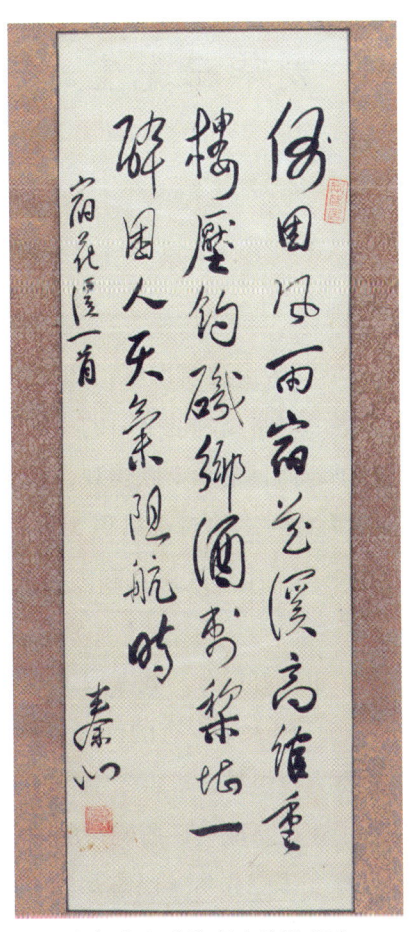

秦似先生赠作者自作诗书迹

麦华三先生

在广东工作数年,尽管居于边僻山区,却也常闻粤中书法家麦华三(1907—1986)的大名,时常见到他书写的市招匾额。他的书法字体通俗,一般是楷书或行书,而且笔画丰腴美观,引人注目,所以很受商家欢迎青睐,在岭南颇为行时。他对小楷更为擅长,脍炙人口;据说1958年他曾应命用小楷书写《中华人民共和国宪法》全文上送国务院,可见造诣之深。

我对麦先生的书法,也喜好已久。我考取中山大学研究生来到广州之后,同窗之中有一位在广州人中少有的待人热情的书法同道张桂光,他说与麦先生熟识,愿意为我引见,求索墨宝。

于是某一日我带上了在北京琉璃厂所购得的旧年玉版宣,很高兴地与桂光兄同去拜访了书家麦华三先生(已忘却其尊府所在了)。先生当时执教于广州美术学院,已年逾古稀,待人甚是和蔼平易。当我表达了仰慕之情,并希望赐予墨宝尤其是他所擅长的小楷时,他一口答应,留下了我的玉版宣。

过了些日子,桂光兄为我取来了(或者是我自己上门去取的,也忘记了）麦先生所赐的墨宝。是两首小诗，一为楷书《荆州亭花担》：

走遍岭南花圃，

桃李含苞欲吐。

高唱沁园春，

珍重轻轻撷取。

冲破晓寒天宇，

唤醒前村烟树。

担了些什么，

担了一肩春雨。

跋云：此淳化宣甚发墨，一九七八年七月一日党庆五十六（五十七）周年纪念。董琨仁弟从平远来，求作楷书，意气殷勤，爰书《荆州亭花担》与之。（印）

一为行书《星湖揽胜》诗：

晚霞斜抹七星桥，

红映波光分外娇。

五龙亭畔双鱼跃，

湖山新貌看今朝。

跋云：星湖揽胜，董琨仁弟共研。七二老人麦华三。（印）

整幅墨宝，满是岭南风光，充斥着浓郁的粤中风味，视之令人顿生爱意。

麦华三先生赠作者书迹

冯其庸先生

冯其庸（1924—2017），著名学者，红学家，曾任红楼梦学会会长。他曾主编《中国艺术百科辞典》，由商务印书馆出版（2004.1）。商务馆领导赠送我一部，从此不时查阅，觉得颇具检索价值。

平日也曾读过他的一些红学论文，印象是不瘟不火，以理服人，不是那种抡棍子的"批评家"。

2017年中某日，曾与商务馆诸多同志外出京郊开会，开车前发现前副总江远先生携带一部商务版新书——《风雨平生——冯其庸口述自传》，不由得马上借来先睹为快，看了一路。有两处印象甚深：一是述其在"文革"开始或即将开始时，"上头"曾有意让他进入革命领导机构，他自觉"气味不对"而婉辞了。看到此处我不由得肃然起敬，认为实在太难能可贵了。二是他曾经十赴新疆，三上帕米尔高原，查实了玄奘自于阗回归长安的最后路段。此古道为一千三百多年来首次被考证发现，在学术上做了一大贡献。

此口述自传带有抢救性质，因为当它问世时，冯先生刚刚逝世，享年九十三岁。

商务馆会议厅里悬挂有一幅冯先生的书法，字体浑厚，富含书卷气，我很欣赏，知道冯先生还是一位不错的书法家。后来一次可能是在北京师大举办的有关启功先生的学术研讨会上认识了冯先生，我称赞了他的书法，表示钦佩。其后又一次在会议上见面，他可能因为对我留下不错的印象，居然送我一幅字，只有草书两句诗："飞流直下三千尺，疑是银河落九天。"似乎不是很精彩，显见是应酬之作；但既是出于名家之手，况且已经作古，所以也很是值得珍惜了。

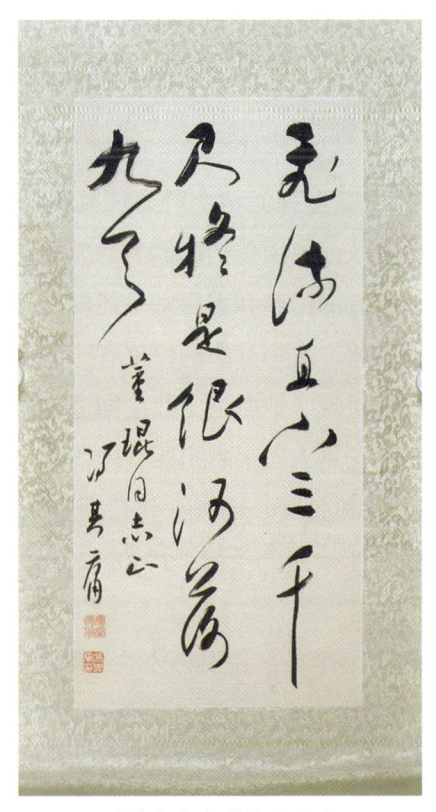

冯其庸先生赠作者书迹

郭子绪先生

1983年我在中央广播电视大学文科处任教职，住电大租赁的集体宿舍。电大是新建单位，成员（包括配偶）一般都是年轻人。其中有些对汉字书法饶有兴趣，有的修养和书写水平还挺高，如同事王莹的先生白谦慎，北大国政系毕业，尤为其中的佼佼者。他也喜欢在社会上结交书法同好。夏季的一个傍晚，他邀请了几位同道来宿舍小聚，其中印象深刻的有沈鹏，当时还只是人民美术出版社的普通编辑，还没有后来当上中国书协主席的地位和名气。还有一位斯斯文文的中年人，气质优雅，话语不多。小白介绍他叫郭子绪（1940—2018），号楠石，是来自沈阳的书法家。

那天晚上大家聊得很尽兴，我用集体的煤气罐做了些简单的饭菜，诸位共进晚餐。后来还彼此挥毫，切磋书艺。郭先生写得最多，写完送我的就有两幅，一是草书，一是隶书。草书为条幅，写的是明代和尚渐江（1610—1663）的一首五言绝句：

依稀枫叶乱，
篱落散幽溪。

亦有归林客，

乘舟赋采薇。

末题："董琨方家指正。癸亥年一夏日，楠石。"下钤一阳文章"子绪之钵（玺）"，一阴文章"抱真子"。

后来我查找相关资料，得知此诗中的"幽溪"，一作"幽径"。

这幅草书，笔法纵横恣肆，墨色浓淡有致，是后来惯见的楠石风格。

隶书是横片，八个大字："含蓄蕴藉，绮丽清新。"末题："董琨方家指正，癸亥夏于京，楠石。（钤印'抱真子'）"是《张迁碑》的路子，但十分有韵味，脱尽俗气。

此后多年一直没有见到郭先生，但是时而会在报刊上读到他的文章或是有关他的书法艺术的报道和评论。

他出生于1940年，二十岁时投考进入在东北的鲁迅艺术学院，竟因家贫而辍学。但他读书研艺，勤奋依然。他进艺术学院时，学的是水墨国画，

郭子绪先生赠作者书迹之一

郭子绪先生赠作者书迹之二

同时在书法方面用功,篆隶行楷,各种书体无一不精。在辽宁竟然形成了以他为核心的"九畹"书法群体,声誉远播,也算是难能可贵了。

著名书法家、后来曾任中国书法家协会主席的沈鹏先生在1987年为人民美术出版社出版的《郭子绪书法选》撰写的"序言"中介绍说:

> 平时,郭子绪勤于博采。无论篆、隶、真、草、碑、帖、陶文、竹简,他撷取英华滋养自己;待进入创作过程,善于凝思结想,待成竹在胸,一挥而就。他的习惯,较少反复易稿,而是如有的文章作者重视"腹稿"的作用一样,力求"一次成功"。他的广收与约取,符合创造性思维必须的发散性与辐合性对立统一的思维方式。

有一次读到他关于书法创作的札记性质的文章,他就所创作的作品,详细记叙当时的天气、环境乃至心情及其在创作过程中的变化。我先前似乎从未读到这样的文章,感慨优秀的书法作品原来可以具有如此复杂的心路和创作过程。同时对郭先生的书法更加佩服和喜爱了。

大约是2016年吧,一次老友邱振中在恭王府举办他的个人书法作品展,我应邀参加了开幕式。众人依时抵达,但仪式延宕时间颇长,嘉宾庞杂,多不相识。突然有人向我打招呼,一看竟是郭先生。只是一次相聚,此后多年未见,而他还认得我,可见他这方面的记忆力很不一般，起码比我强太多了。

我们彼此很高兴地聊起天来，一直到仪式开始。

没想到此后过去不及两年，2018年就听说他因病遽归道山了。闻此噩耗者无不痛惜，因为他的口碑甚佳，我所认识的书法界朋友，都说他为人忠厚，德艺双馨。我虽然谈不上与他深交，但也有美好印象，还有他的墨宝可资珍藏，也算是彼此人生有缘了。

杨德炎先生

由于语言所和商务印书馆的密切关系，在我担任语言所业务副所长期间，适逢杨总杨德炎先生主持商务印书馆，我们有比较多的工作上的接触。他年长我一岁，由于历练丰富，显得比我成熟得多，有一种兄长的风度，时常给我以指点。例如他曾任职出版署外事部门领导，而我在所里也负责外事工作，他就不止一次讲述过周总理关于"外事无小事"的道理和事迹。

我们分属两个单位，谈起工作来，虽然有如老话所言"各为其主"，但都能做到出以公心，不谋私利，而且明白两家单位"合则两利，离则两伤"的道理，遇到有时难免有些利益（如版税比例）方面的意见不一致，但都能做到友好协商，化解分歧。这方面我觉得杨总是特别识大体顾大局的。有时候语言所方面由于不熟悉出版业务，某一作为可能伤害了商务馆的利益，但是杨总总能给以忍让、谅解。例如一次馆、所双方同意某出版社出《现代汉语词典》的英文版，但结果却出了"双解版"，杨总对此颇感不悦。按说语言所处置是有所不当的，但后来他以大局为重，没有加以追究，此事也就不了了之了。

杨总追求商务印书馆一贯的高雅文化品格，出书兼顾经济效益和社会效益，这也来自对商务品牌的高度信心。有一次所里一位语音学方面的老专家委托我向商务推荐一部书稿，我给杨总说了，他说："没问题，我们可以出。"我说："语音学方面的书读者面特别窄，要赔钱哩。"他很自信地说："让我们商务来做，就不一定会赔钱的。"

我家住朝阳区华威西里，杨总住华威北里，算是近邻。有时在商务开完会，他就送我一路回家，途中多有畅叙。

在他快要卸职商务馆的一次归途中，他谈及退休后的打算："如果商务需要，我当然继续服务；如若不然，我就去'版协'（即"中国出版工作者协会"，杨总是其常务副主席）多干干；还有'欧美同学会'，都有事可做。我退休后的生活还会是很充实的。"我听了，也为之欣慰。

不料此后不久，就听闻他罹患重疾，我大吃一惊，当晚就给他打电话慰问，他却是很轻松地说："没有什么，只是做了个体检而已。"我说："我看看你去！"他说："现在不用，我马上要去上海检查，回来后咱们再见面吧。"

没想到这竟然是一个诀别的电话！不几天我就得到噩耗：杨总不治，遽归道山！我的惊愕与悲痛，当可想见。随之，我撰写了挽联以志哀悼。

但是，到杨总追悼会那一天，我因另有要事无法参加。于是，我只有于当天拂晓，天尚未大亮，就赶到了停放他遗体的医院太平间进行最后的告别，而且在遗体起灵的时候，成为抬担架人之一，以此寄托自己的哀思。

一晃杨总已谢世多年了，但是诸多同事、友朋对他的人品、业绩依然怀念不已，杨总的精神和品格是不朽的！

第三辑

桑梓贤哲

心香一瓣献人师

王于畊同志长期从事党的教育工作——我们总是习惯地称她为"王厅长",她是我的前辈,也是我受教多年的恩师。

60年代初期,我还是一个十几岁的中学生,就读于福州第一中学。我的家庭,正是所谓书香门第,当时虽然已经破落,但还薄有几本古书,因此我从小也不免沾染一些旧习。上高一的时候,从一部《凤洲纲鉴》中读到了宋末民族英雄文天祥的事迹,大为感动,以他的英勇就义为题材,敷陈了一篇"历史小说",题为《啼鹃化血》。记得同年级还有一位文友谭启泰则写了一篇描写南宋诗人陆游、唐婉爱情故事的《沈园会》。现在看来,这不过是爱好文学的中学生的幼稚习作,充其量不过抒发了小资产阶级的情调而已。不料不久之后,随着社会上对于文艺界所谓"借古讽今"倾向的批判,学校里也有人想将这些文章上纲上线,加以"清算消毒"。可怜我们这些少年还在"熙熙而乐",不知祸之将至。材料报到省教育厅,王厅长看过,认为主要是加强思想教育的问题,不必大动干戈。她还从这些习作中看到了年轻人才华的火苗,给予了适当的鼓励。有一天,她的女儿也是我的同班同学叶葳葳告诉我:

"我妈妈看到你写的文章了,她要我告诉你:好好干!"现在看来,在全国范围内极"左"气氛日益炽烈的当年,王厅长能够如此保护与奖掖所谓"有问题"的青少年,体现了她的高度的政策水平。她的鼓励,虽然只有短短的三个字,却是对我极大的精神馈赠。

1965年7月,我参加了"文革"前的最后一次高考。在炎炎的夏日里,王厅长亲临考场慰问考生。我们交卷走出教室时,她就过来笑眯眯地同我们握手,关切地询问:"考好了吗?"

那时,我和多数同学一样,热烈憧憬着能到祖国的首都接受高等教育,我报的头六个志愿都是北京的高校。尽管成绩不错,平均考分在九十分以上,但是,由于"出身不好",北京高校在闽招生人员对招收我这一类的考生怀有顾虑。王厅长得知以后,在对他们的谈话中,从党的阶级路线着眼,晓之以党的政策的大道理,终于使我以及和我有类似情况的考生迈进了高等学府的大门。

天真而无知的我,却以为自己出了中学进大学,离开家乡去北京,这一切都是理所当然的,根本不知道,也决然想不到王厅长在其中所起的关键作用。不幸的是,后来我又过早地知晓了这一切:历时不过一年,神州大地卷起了风暴,王厅长作为"走资派"迅即被打倒。她对我的关怀的有关事情,也就成了她的罪状,加以公布、批判。另外,在报纸上还有关于她所谓"执行反革命修正主义教育路线"的文章。当我在大学的校园里、在家乡的街头上看到这些时,我的心被深深地震撼了。

1975年,邓小平同志复出、主持国务院工作,我国的教育和科学文化事业出现了复苏的好势头。我也给自己创造了一个机会,自费从广东到北京晤师访友,以克服在山区工作、生活独学无友而孤陋寡闻的局限。我已多年不知王厅长的下落,到京之后,才得知她大难不死,赋闲在京,不禁大喜过望,就冒昧地给时任交通部长的叶飞同志写了一封信,由此得以见到了王厅长。交谈中她得知我在钻研人文科学,很是鼓励,还主动介绍我去拜访她的老朋友、著名历史学家熊德基先生,以为我授业解惑。虽然她自己并不是历史学术的专门研究者，但为后学青年的这种举措，却真正体现了人师风范，也使我感念至今。

1978年10月，高考制度恢复，我终于带着前辈的关怀，凭着多年坚持的知识积累，如愿以偿地考取了中山大学首届古代汉语研究生。这时，我更加怀念王厅长。通过一位同楼居住的数学系研究生，我打听到王厅长已经恢复工作，担任了北京师范大学的党政领导。于是，我给她去了一封信，禀达了我的近况。很快，我收到了她的回信，对我多所鼓励、告诫和劝勉。这些话语，使我警醒，催我奋进。我从她的身上，增强了对党的感情、对祖国和人民的信心。因此，后来我争取加入党组织并实现了自己的愿望。随着岁月的流逝，我成长为中国社会科学院的一名研究员，为祖国的人文社会科学事业尽自己的一份绵薄之力。

由于在十年动乱中备受折磨，王厅长的身体受到很大摧残，但是她始终记挂和牵恋着青少年一代和党的教育事业。她晚年耗费极大的心血，精心撰写了诸如《馈赠》《长江的女儿》等一批才情并茂的文章，固然在于寄托对逝去的战争年代战友的哀思和怀念，同时也是为了给青少年的教育提供素材。一次，在海军总医院的病榻上，她曾经激动地对我说："我不喜欢、不希望我们的中学生只是沉湎于某些港台作家的作品。我们的青年时代，是在抗日救亡中抛头颅、洒热血度过的。那些作品也有以这个年代为背景的，可是描写的却大多是卿卿我我的爱情纠葛。我觉得，是该好好地写写我们这一代了，为了让我们的后辈不至于忘却那个年代。"（大意如此）

有一次，我到她家拜访，她正在吸氧治疗。结束以后，她高兴地告诉我，她搜集有一批反映战争年代的图书，大多是原版书，不乏阅读和收藏的价值。她想把这些书捐给北师大的图书馆，给大学生们看。刚才，图书馆的负责人到这里来过，商量了这件事。可见她不论大事小情，想着的都是青少年，处处表现出教育家的胸怀和人师的境界。

1993年，王厅长遽尔谢世，离开了我们。在悼念的日子里，我深切缅怀她的教诲，写下了这篇怀念文字，自知十分肤浅粗拙，不足以表述她的业绩与风范于万一，只是作为晚辈的一瓣心香，敬献于她的灵前。我祈盼，在我们的党内，在共和国的各级教育部门的领导者中间，能多一些像王厅长这样的受敬仰的人民教育家，这样的成为广大青少年人生"领港者"的一代人师。

珍贵的来信

1978年末,我已成为中山大学中文系古代汉语专业研究生。通过其他专业同学转告,得知王厅长已恢复工作,担任我的母校——北京师范大学副校长兼党委副书记,一次她在学校的大会讲话中,还提及作为校友的我。我既欣慰于她的恢复工作,更感动于她对我一贯的关怀,于是就给她去了一封信,表达了我对她的感激、思念和问候,并汇报了我的近况。不久,就高兴地得到了她的如下回信:

董琨同志:

你好!

来信收到,请接受我衷心的祝贺,我确是很为你考取研究生而高兴的。你在此之前,有一番痛苦的经历,这个学习机会来之不易,因此,我相信你今后将取得成就,将在古汉语方面,继承祖国悠久而浩瀚的遗产,为祖国这方面的研究上做出贡献。

你来信中说到我为你吃苦的话,千万不要把这件事放在心里。你知道,直到一九六(七)一年(此处疑有笔误)的全教会上,林彪已死之后,还有人在那里做批判我的发言,并举了你的例子。我并不在意，他们从来批得不对。我作为一个共产党员，一个党的教育工作者，我的责任是正确的执行党的政策，对你和类似的一些问题的处理，大体上是对的，精神上是对的。我有这种自信，我对一个年青人，我不能随便掷弃而不努力把他团结在党的周围。因此，我每次回答"责问"时，我都"直认不讳"的说我"包庇"了那个年青人！事情已经过去数年了，可以忘记那些令人恶心的事了。我差不多忘了不少了。也许，在你留下了一些叫做"伤痕"的东西（我不喜欢这个字眼），我恳切奉劝，忘却为好。

　　师大是个特重灾区，它在那里摧残人才，摧残青年，我到这所学校后，所接触的那些事，觉得这个学校不是能费朝夕之功可以改造过来的。我身体已大不如前，今年五月以来，我请假治病了。也许过冬之后才能上班。如来北京还是来这个"母校"走走才好。

　　此致
敬礼！

王于畊

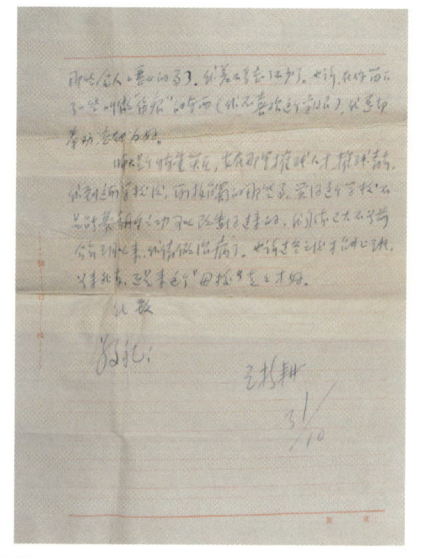

王于畊厅长致作者函书迹

168

一位久经考验的老共产党人的崇高的思想境界，革命老前辈的博大情怀，跃然于信笺的字里行间，也使我的思想境界得到极大的升华。

对我而言，这当然是一封宝贵的来信，所以珍藏至今。同时我觉得对于了解王厅长的人生思想轨迹，也是一份难得的重要文献：不仅体现了一位在十年动乱中吃尽苦头、饱受考验的革命老干部对于"文革"及其后遗症的思想定位和积极昂扬的精神状态，也体现了她多年作为党的教育工作者对年轻一代的热情关怀和责任心。

1981年，我研究生毕业后，又回到了北京。此后不时到母校北京师大走动，还跟中文系产生密切的工作关系，至今还是他们"典籍民俗文字研究基地"的学术委员会主任。老厅长家里，更是少不了前往拜谒、聊谈，获益匪浅。

由于长期过度劳累尤其是"文革"中的饱受摧残，加之晚年呕心沥血创作《往事灼灼》一书（后由人民出版社出版，2012.3），老厅长的体力日渐衰减，疾病缠身，终至不治，竟于1993年6月23日溘然长逝。享寿只有七十三岁，实在是走得太早了，令人痛惜之至。

2021年是老厅长百年诞辰，可以庆幸并可告慰的是，我们的"北京三牧校友会"于5月末在福州会馆举办了"王于畊同志百年诞辰纪念会"。当时"新冠"疫情稍呈缓和，所以能有此举。其后病毒又复肆虐，秋季的福州就遗憾地不能举办原先计划好的纪念会了。

王于畊厅长在"三牧校友会北京分会"成立大会上发言

重视研究学生的教育家陈君实

接奉母校寄来的关于筹办"陈君实校长教学实践研讨会"的稿约和资料，一位身材伟岸、目光炯炯、思想深邃、言谈睿智的长者形象即刻又浮现在我的脑海里。

陈君实校长与叶葳葳、作者的合影

其实，这几年与陈老校长的见面机会并不少，还不止一次一起吃过饭。1997年他曾应邀专程赴京参加"三牧校友会北京分会"为母校95周年校庆而举行的活动，是我和另一位学长到首都机场迎接并为他接风洗尘的；两年后他来北京探亲，住在中医学院，我也曾前往拜谒。

至于我每次回老家，即使行色匆促，一般也有缘造访，亲承謦欬。老校长面对像我这样已经步入知天命之年的老学生，显然更多的是亲切的交流、平等的探讨；甚至不耻下问，拿出他对福州一中长期教育实践的反思文章要我提意见。但是很惭愧，由于脱离教育部门已久，平日又疏于这方面的思考，我竟基本上对此无法赞一词，大大有负于老校长的厚望了。

不过，我在所寄来的上述资料的第一辑，即老教育厅长王于畊致陈校长的信中读到这样一段话："福州一中对自己的教育对象是了解深入的，研究了又研究，一个校长认得那么多学生，深入学生中，同教师一起教育学生。重视研究学生，研究自己的教育对象，这是君实有丰富经验的一个重要方面，作为教育家，他必须深刻了解并清晰认识自己的教育对象。(1984年4月23日)"我完全同意老厅长的这段话。这是一个饶有成就的教育家对另一个熟知的教育家的描述与评论，都是说到点子上的内行话，同时也是从陈校长的反思文章中生发出来的。

作为当年的一个学生，我想结合自己的经历对这段话作些诠解。

众所周知，陈校长在其毕生的教育工作实践中，曾有"三进"福州一中的经历。第一次是1952年8月，第二次是1962年7月，第三次是1979年底，其间的曲折内情就不在此赘述了。我个人在上学期间，正赶上他第二次进一中。那时的一中，每个年级大抵是六个班，每班以五十人计，全校在学学生将近两千，大操场集合起来可谓黑压压一大片。我不知道陈校长认识的学生有多少，按照老厅长的说法，"认得那么多"，真是难能可贵。即如我自己，不过是"黑压压"中普通一员，但也居然与我们认为是"高不可攀"的威仪堂堂的校长有过若干交往，

171

应该可以作为陈校长"重视研究学生"的一个见证。

　　陈校长二进福州一中时，我已经上高一了，在我的记忆中，集体亲聆陈校长的报告场合除外，校长对我的个别接触和教诲，印象深的有数次。其中的两次，我已于十年前简略写在庆祝母校建校90周年的纪念文集《魂系三校》的《母校赋予我上进之心》一文中，这里不必重复，而另外再举两例：一次是高一下期进入1963年后，中苏两党和两国关系日益恶化，而我们这一届从初一起就是全部学俄语，此时我们预感到在这种形势下，将来俄语未必很有用。也不知道是众人公推还是个人的自告奋勇，总之有一天我就贸然进了"校长室"，见到陈校长，把这想法说了，同时表达及早改学英语的愿望。陈校长听毕，并未加以训斥，而是耐心地讲道理，希望我们继续把俄语学好。此事就这么过去了，没有造成什么波澜。三十多年后，那次在北京迎接陈校长参加校友会活动的接风晚宴上，我还提及此事，问道："要是那时改学英语，是否对大家更好呢？"他叹了一口气，道："唉，那时候就是改学英语，我从哪里能弄到那么多英语教师呢？"我想这是完全合乎当时的现实情况的，因为自50年代以来，大学里也是以培养俄语师资为主，而弃英语如敝屣。即使作为全省首屈一指的福州一中的校长，要改变这种现状也是无能为力的。他完全有自己的苦衷，同时大约也对我们的想法有所同情，所以未曾当作不轨的言论加以申斥、批判。

　　另一次即是中学生时代的最后一次与陈校长的谈话，忘了是他召见还是我请谒的了，只记得其时已经领到北京师范大学的录取通知书，即将束装离校了。那是1965年七八月间，已经是"文革"的"山雨欲来风满楼"的时候，党内和社会的极"左"气氛已甚嚣尘上。天真幼稚的我也未能免俗，竟然心血来潮，突发奇想，意欲不去升学，而奔赴"广阔天地"即上山下乡——这是当时许多考不上大学的青少年的主要出路，但经媒体宣传、渲染，似乎那才是有志气有作为的青年的绝好去向。既改造自然，又改造自己，能把自己作为无根的"毛"附在无产阶级这块"皮"上(即所谓"皮之不存,毛将焉附"),似乎这条路比上大学接受"资产阶级统治学校"的教育要有出息得多。我憧憬着挑一担子书上山,白天与贫下中农战天斗地,夜晚在如豆的煤油灯下静心阅读的乐趣和境界。于是在和陈校长谈话时,就把这些想法一股脑儿倾倒了出来,没想到校长压根不欣赏我的"革命热情"和"美好愿望",而是严肃批评这种极为浅薄、短视而无知的想法。许多具体的话语也忘却了,还记得他有这么一段话:"要去好好学习科学知识,不但要读完大学,将来还要争取出国留学!"那可真是振聋发聩,有如醍醐灌顶,我再也说不出什么,乖乖地回去收拾行装,告别师友亲朋,准备上京升学了。

那时的大学也已然是"社教"硝烟四处弥漫,"左"得可爱之至了,但也许是仍未根本改变"资产阶级统治学校"的局面的缘故,由于我入学成绩较高,进校后各科成绩也还过得去,于是很快据说就被内定为"研究生"而加以特殊的培养了(如特别有专门教师指导,专业和外语均"吃小灶"等)。这也许就是后来担任北京师大党委副书记的王于畊厅长致陈校长的一封信中提及的"福州一中毕业生有好几个只念了一年大学就考上了研究生,并成绩优异(董琨等)"的来由了。

在大学学习不及一年,"文化大革命"就正式开场,此后整整十年,全国亿万莘莘学子沦入失学境地,不止一代人的青春被无谓地浪费、消耗了。我也同样不能幸免,蹉跎数年后被"发配"到一个"鸡鸣三省"的山村中学做些讲授"革命大批判"文章的营生,前途一片漆黑,以至于不敢娶妻生子,哪里还敢希冀什么"出国留学"?所幸"母校赋予我上进之心",包括陈校长的屡次语重心长的教诲,使我未甘自暴自弃,终于在神州大地云开雾去之时,得以重见科学和文化的朗朗天日。后来的我,虽然因专业关系,未曾"出国留学"而且所成有限,但至今也已经多次出国讲学、开会、交流,足迹遍及欧美东瀛、海峡两岸。老校长的预言,果然从另一层面上成为现实。

如今回眸细想，在 1965 年暑假里，一个校长对一个中学生能说出那样的话，该有何等的胆略，何等的远大目光！这是洞察了人类社会的发展规律，坚信科学知识、文化教育的伟大动力的智者，在处于某种病态乃至险邪的世象中吐露的心声，永久滋润着年幼无知者的干涸的心田。同时，如果不是在"重视研究学生，研究自己的教育对象"方面下了绝大的功夫，也是难以切中受教者的肯綮而有所奏效的。因此绝对可以说，陈君实校长是一个了不起的教育家，我为曾经得到过他的细心哺育而永怀感激和自豪。

叶可厚先生

叶可厚（1898—1974）老人，是我年轻时缔交的一位同龄好友王润荪的外祖父——我们老家叫外公，所以我们也跟着叫他外公。外公跟女儿亦即润荪的母亲一起住，住宅位于福州三坊七巷的黄巷西头。

润荪喜欢下围棋，也有很深的功力，我于此道只是略知，连入门都谈不上；但我们有共同语言和爱好，那就是——读书，各种各样开卷有益的书，而且互相借阅共享读书之乐。这在"文化大革命"中，是一件既奢侈又带有风险的事。我因当时已在北京师范大学就学，实际上到"文革"中已停课，唯时常回老家"串联"、会亲友而已。润荪则一直未离老家，以他的"人脉"，经常能"弄到"许多好书，印象最深的是他曾一本一本陆陆续续地将郑振铎主编的《世界文库》借我读完，这可是世界名著的饕餮盛宴，所以"文革"后出重印本时我赶紧买了一套。一部傅雷翻译的《约翰·克里斯多夫》也是从润荪那里借来读完的。

外公知道我们这些年轻人好学上进，不走邪路，都是好孩子，所以对我们特别和蔼疼爱。我上润荪家时，经常受到他们的热情款待，享用精致的家乡点心、小吃。

外公出身翰林世家，其父在琦公大大的有名，是前清光绪十一年（1885）的进士，曾入过翰林院，派充贵州学政。光绪二十七年（1901），福州建立"全闽大学堂"，在琦公应闽浙总督许应骙之聘，担任大学堂监督即校长。全闽大学堂的名称后来屡经变迁，成为"福州第一中学"，即我的中学母校。所以在琦公可以说是我们母校的第一任校长。这是母校校史室明确记载的。

外公本人的经历及事迹，我不是很清楚。只是听说他与商务印书馆有渊源。在商务印书馆创办之初，有不少福州人士参与其事，以至前几年福州政协文史部门还编辑出版了一本《福州人与商务印书馆》的专著。外公可能做过商务馆的董事或是股东，因为听说解放后多年一直有商务馆的股息或津贴寄来。

外公有多位子女在北京工作，都是学有所成的栋梁之材。我后来认识一位是北京医院检验科的著名专家叶应妩，都叫她"妩姨"；一位在某科研单位的专家叶家骏，桥牌打得特别棒，曾经在中央电视台讲授牌技。他知道我也喜欢打桥牌，曾与我约定退休后要作为牌友好好切磋，他能帮我提高牌技。不料他不久就遽然罹疾不治谢世，使我痛悼抱憾不已，至今还怀念他。

1972年春后，我被分配到广东平远山区当了个中学教师。其时"文革"尚在进行，"革命大批判"方兴未艾。我家乡省内某报曾全版刊载批判王于畊"高考红旗"的文章，里面还点到我（"董半街的后代、修正主义苗子"），据说其后该文还进入了省编政治课本，我就"臭名远扬"了。但是一次暑假我归乡探亲时，润荪说外公要见我。我赶紧趋谒，外公却只是默默地给我一张纸，方寸不大，端端正正地用毛笔书写了一首赠诗：

才名早岁已飞扬，
执教南疆擅所长。

> 青眼高歌吾老矣，
>
> 文坛待尔放光芒。

末题"赠 董琨同学 可厚（印：阴文'叶于崇'、阳文'可厚'）"，另外还郑重地赠送我一幅吾乡先贤陈宝琛的小楷字。

叶可厚先生赠作者自作诗书迹

老人家可能也听说了报纸上大批判文章点到我的事，默默地以此作为表态。虽然没有明说，但彼此心领神会，我也就恭敬拜领了这种不寻常的礼物。外公对我的评价和期望太高了，我难以做到，而且事实证明并未做到；但是老前辈的勉励我永志不忘，一直珍藏着这首赠诗和陈宝琛的字。如今也不再顾虑是否有人可能对我产生"自傲自矜"的负面印象而将其公布了，因为我也年近耄耋，似乎可以不必害怕这种批评了。

陈宝琛（1848—1935），字伯潜，福州闽县人，同治七年（1868）进士，授翰林院编修、翰林侍讲，是著名的"枢廷四谏臣"之一。晚年最为人所知的官职是"帝师"——宣统皇帝溥仪的老师。从政之余，他也热衷诗词、书法和绘画，有《沧趣楼诗集》行世，书法则宗黄庭坚，工于小楷。擅于画松。外公送我的这幅小楷，结体谨严，笔力雄健，虽然尺幅不大，也足可作为寒斋的镇库之宝了。

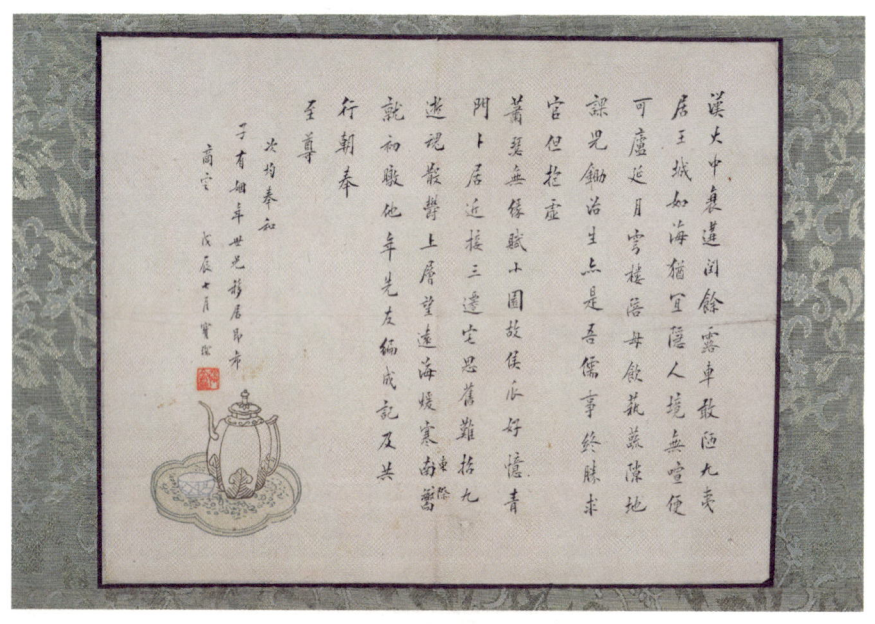

叶可厚先生赠作者陈宝琛书迹

沈觐寿先生

很小的时候，就听老家的长辈说有一位年仲先生，颜（真卿）字写得特别好，国内都排得上号。后来知道，他名叫沈觐寿（1907—1995，一说卒于1997年），字年仲，常以字行。他是晚清中兴重臣沈葆桢的曾孙，也是近代福州头号名人林则徐的外玄孙。他虽可谓名门之后，却不靠祖荫过日子，而是刻苦自励，成为一名书画兼擅的艺术家。

由于沈先生名气大，也比我年长约四十岁，所以在我中学毕业到北京求学之前，是不可能与他高攀结识的。

但是80年代我于中山大学研究生毕业又回到北京工作之后，不知沈先生怎么得知我认识启功先生，于是一次他作为邮电行业老职工的代表赴京开会之时，竟也打听到我的住址并登门拜访。我则大有蓬荜生辉，受宠若惊之感。

他说自己作为"老邮电"来邮电部开会，会议内部出售1949年以来至今的全套特种（纪念）邮票，一套300元，问我们有没有兴趣，他可以代为购买，说"这是个难得的机会"。确实全套纪念邮票，现在肯定是个天价，但是一则我一向不集邮，二则300元在80年代初也算一个不菲的价格（当时月薪不过百元出头），所以就没有表示购买的欲望。

其实沈先生最大的愿望是想拜访启功先生，说他对启先生仰慕已久，请我代为引见。我想这事应该不难为，不日见到启先生时就转达了这个意思。启先生说："这位沈觐寿先生我知道，颜体很有名。就是难写的褚体，国内像他写得那么好的也没有几个。"随即又说："不过我这些天政协开会（启先生是全国政协常委），恐怕抽不出时间见他。"

一次没见成很正常，没话说。然而，过了两年，沈先生又是赴京开会，又向我提出这个请求，没想到启先生还是以同样的理由婉拒了。也许沈先生不巧，每次来京都赶上启先生开会。不过怎么有才华的年轻人如陈达一来，每次都是马上接见呢？此事我已另外写在《启功杂忆》一文中了。

沈先生对我还是关爱如昔，他看到我有一幅郑诵先生题写的扇面，马上取走在另一面画上了山水（传统绘画也是沈先生的专长，他曾担任过福州画院的院长）。

沈觐寿先生水墨扇面画迹

沈先生还赐送我一幅大四尺的楷书褚字，颇为难得，我也异常珍视。不过后来一位中大研究生时代的好友看到了，说女儿酷爱书法，正想学褚体，要借走让女儿临摹。由于平日相处甚洽，我就不假思索地交给他了。这一借就是几十年，一直也没好意思开口索要，但早有一种"凶多吉少"的预感。果然，当我终于有时间撰写这篇文章，向他提出"可以赠送，但最好让我拍个照片"时，他说："记不清了，找不到了。"我只好无语：彼此都已年逾七旬，几十年的交情，岂可因此类"身外之物"而毁于一旦呢！

沈觐寿先生书迹

平心而论，沈先生的颜体易见，这里就有装订好的一本的"毛主席诗词"，但褚体确实罕见。这个遗憾只有付之上天了。

洪心衡先生

洪心衡（1900—1993）先生长期从事中国语文的研究工作，按说应该属于学界老前辈，但由于他是福建闽侯县甘蔗镇人氏，所以自从结识至今，我更多地只是把他视为吾乡先贤。

洪先生于1921年的青年时期就开始在家乡福州的名校——英华中学（现福建师大附中）担任语文教师，一直在该校待了整整三十年。其间曾于1946年兼任福建师范专科学校国文科副教授，可见已具有相当高的教学成就和学术地位。

1953年起，洪先生奉调北京，到人民教育出版社改行当编辑。1956年秋又调回福建师范学院中文系任教。

国内的现代汉语语法系统，曾经"政出多门"，各家源出不同国内外学派，分歧林立，包括术语也都是各用各的，无论研究型语法、教学型语法，大学汉语教学、中小学汉语教学，都是如此。大学犹可，因为大学教学可以是研究型的，但是给中小学语文教学则造成很大的困扰与障碍。有鉴于此，1954—1956年，语法学界和语文教学界曾共同讨论、研究，尝试制订出一种能被广泛接受和使用的汉语语法系统，当时命名为"暂拟汉语教学语法系统",经教育部批准,作为中小学语法教材和进行中小学语法教学的依据,并在1956—1958年仲夏语文课试行文学、汉语分科教学时,用于编写《汉语》教材。没想到这个系统竟被汉语研究界和教学界广泛接受,说是"暂拟的"系统,却在中小学一直沿用到1988年,经不断修订后,至今仍在不少大学语法教材中使用。

洪先生在人教社期间,正好赶上了参与语法学界的这件大事。他和人教社的同仁张志公等先生以及二十余位专家一道,都成为"暂拟系统"的有功之臣,是语法学界有影响的代表人物之一。洪先生个人也有不少现代汉语语法的研究著作,如《汉语语法问题研究》《汉语语法句法阐要》《词的并列结构与古义》《关于语法上的一些问题》等等。

我与洪心衡先生的结识,大概是在一次有关汉语语法的学术研讨会上。因为认了同乡,加之他对晚辈和蔼、亲切,所以特别熟络起来,其后我每逢回老家,大抵总要抽空去拜望并聆教。先生住在福州城区的红光路,是很普通的一处旧房子,陈设更是朴素简陋。我现在回忆洪先生,就老是想起他在"披榭"(福州谓"边房")的窗下,抿着嘴唇进行写作的情景。

洪先生对我说过一件事,使我特别感动、敬佩,因而记忆深刻。他说:"高名凯曾经是我的学生,但是后来他成名,依据他的名作《汉语语法论》在北大开设相关课程,我从头到尾去听了他的课。"先生说时很不经意,我则从中领会到了他的虚怀若谷、唯学为尊的学者风范,这也可以说是现代中国教育史上的一段佳话。

我至今收藏着洪先生给我的一纸钢笔手札:

董琨同志:

前承惠寄汉语教材三册,至感至谢。

在您领导下,集中各方专才,编写出这三册大著,是很难能可贵的。其中虽有些乱版错漏、校对未周,甚至有的在写作上尚可以再加考虑的,但在具体教学实践中,都可得到改正。经过一二次修订，当可更臻完善。

　　专此布达，并颂

著祺

洪心衡手启
1986.9.21

长者期望殷殷，跃然字里行间。

估计洪先生留下的手迹不会太多，见过的人恐怕少之又少。今将先生此手札复制印出，也是令人感到欣慰、亲切的。

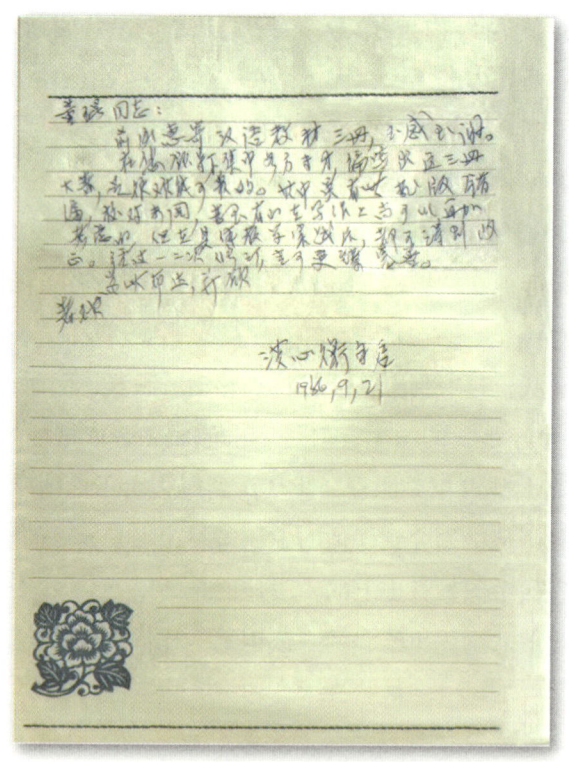

洪心衡先生致作者函书迹

刘世凯先生

凯舅——刘世凯先生不是跟我具有血缘关系的亲戚，但我对他的感情，比一般的亲人还亲。他是我外祖父那边的世交，属于母亲的兄弟一辈，所以称之为舅。

从小就听说北京有这么一位舅舅，但一直到1965年考入北京师范大学，来到京师，才见到尊容，感觉十分儒秀和气。夫人舅妈则优雅漂亮，他们刚刚有了一个宝贝女儿，名字是我的嫡亲三舅——一位延安出身的老革命起的：刘长征，小名征征。对我能到北京上学，多了一个可以来往的晚辈，他们也很高兴，嘱咐我以后常来玩。

凯舅夫妇都在中国科学院图书馆工作，舅妈是武汉大学图书馆系毕业的科班出身，凯舅不知是什么学历，但他出身书香世家（父母均执医），自幼好学不倦，也精于史学和版本目录之学，作为单位的业务骨干是确凿无疑的。

不仅如此，后来与他逐渐熟悉以后，他告诉我曾经的革命经历：他的一位中学老师叫李铁，是较早期的共产党员。他起先在山东，后来到福建从事革命工作，是福州"地下城市工作部"（习称"城工部"）的部长或是副部长；同时以教书作掩护，凯舅就是他那时候的学生。凯舅与这位老师志趣相投，感情甚笃，老师引导他追求进步，还介绍他加入中国共产党。遗憾的是李铁后来不幸牺牲，而他们只是单线联系（这在当年是常有的事），所以竟一直找不到他人可以证明他的这个身份。

不过尽管没有党籍，由于平日的工作表现，还是甚得领导和组织的信任，"反右"时，还担任单位有关此运动的负责工作。但他天性善良，为人正直，不欲阿谀奉承，也不干落井下石的缺德之事，因此后来遭受冷落，一直是个普通干部，也没有获得高级的职称待遇，但他于此并不以为意。

我入大学不及一年，"文革"就开始了，等于陷入"失学"状态，不过当时的大学生们在政治上十分活跃，我虽然"另类"，却也时常获得不少"小道消息"，讲给凯舅听。他只是爱听，不轻易发表意见。一次告诉他："要搞'清理阶级队伍'了，'工宣队'师傅说：四十岁以上的人都要——审查。"他听了，似乎有所震动，可能是因为自己也过了四十岁吧，但也没有说什么。后来他到"五七干校"去，回家少了，我们见面也少了。只是我还不时到棉花胡同他的家里去，舅妈讲究烹调，常给我这个穷学生"打牙祭"，改善伙食。征征也慢慢长大了，每次见到都要我给她讲故事。

由于政治影响，本应1970年"毕业"的我们，延迟到1972年春季才分配，但正是在这期间得以在校内结识了启功先生，是我此生最大的幸运。凯舅则较早就认识启先生，所以当我被分配到广东平远山区，起初心情不佳没有及时写信报平安时，启先生不放心。当时他已借调中华书局参与"二十四史"点校之役，得知凯舅已从干校回到原单位，所以他竟写信给凯舅询问我的讯息。而因科学院图书馆离中华书局不远，凯舅接信后就到书局看望启先生，刚好先生已接到我给他报平安并汇报分配情况的信，他们还就此聊了半天。

1975年因启师母患病不治去世，启先生心情悲痛难抑，给我写信叙说，我更加思念先生，就于当年暑假赴京探望先生。当然也拜访了凯舅，他很高兴见到我，马上送我数张前人手稿，我一看，是俞樾俞曲园先生应人之请写的关于《左传》研究的跋文。俞樾是清代著名学者、文学家、书法家，是章太炎、吴昌硕等大师的老师，章黄学派的祖师爷。他书写的唐张继诗《枫桥夜泊》，如今几乎成为苏州市的文化标志。曲园先生的大名我已久仰，也拜读过他所著《古书疑义举例》等大作，如今亲炙手泽，极感珍贵。赶紧找一家裱褙店托裱为手卷，又冒昧找上了俞平伯先生的家门，他鉴定后题写了"先曾祖俞曲园先生真迹"的签署；又拿给启先生和陆宗达先生看，他们也都恭恭敬敬地题写了"后学某某拜观"一语，顿时使这幅手卷焕然一新，价值倍增。多年后我奉职的社科院语言所古汉语室创刊《上古汉语研究》杂志，我写了一篇介绍手卷内容及学术价值的文章，连同手卷的影印，算是跋文发表，引起学界读者的兴趣和注意（《中国书法》杂志也予以再次发表）。这一切，推原起来都是拜凯舅之赐。

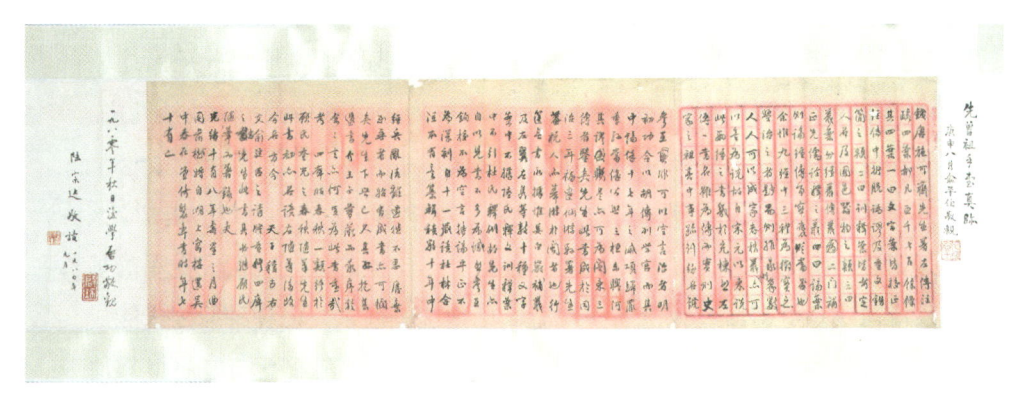

刘世凯先生赠作者俞樾手稿书迹

征征后来告诉我，她爸爸常将好东西送他喜欢的人。如他跟启功先生谈得来，启先生曾数次来家拜访，也赠送过墨宝，起码有两幅，但不知后来被他转送给谁了。曾经有著名画家尹瘦石绘赠的一匹马，征征很是喜爱，向他索要，他说："已经答应送给朋友了。"终究没给征征。

我毕业后重返北京，与凯舅有了更多、更亲密的接触与交流，也更了解了他的人品胸襟与学养趣味。他十分嗜好读书，几乎是无书不读。我们也时常交换一些罕见的书（多是好书，包括某些"禁书"），阅读并且交流读后感想。据舅妈说，凯舅几乎每晚读书至深夜。谈到学问和社会上各种问题，他都有深刻的见解；就连对书法的鉴赏，也是眼力高明的，非常看重书法的书卷气。后来把我当作晚辈知心好友、密友，无话不谈，毫无禁忌。他与著名经济学家林子力尤其交好，还带我拜访过林先生。至于史学界的熟人友朋，那就不胜枚举了，而他所交往的人，都是很敬重他的。

凯舅对人非常客气，讲究礼节。我这样的晚辈来访，每次告辞之际，他都要穿戴如仪，一起下楼，屡屡请他"留步"，他总是摆摆手，继续前行，一直送到大门口。直到后来舅妈去世，他也觉得身体渐呈衰弱，才改为送到电梯口，由征征送到大门口。

我曾问他："您这么有学问，怎么不写文章？可惜了。"他也是淡淡一笑："我想写的文章都是很难发表的。现在我做好本职工作就行了。"对于单位的职称评定、提职提薪等，均视为"尘鞅俗务"，淡然处之。尽管他的业务能力强，在图书馆工作可谓得心应手。

他也办过一些大事，一次对我说：刚刚解放时，上级组织（应该是相当高阶的层级）曾经委派他赴台策反一位他的远亲、国民党军的某港口司令。他遵命经香港前往台湾，见到这位远亲，但种种原因未能成功，旋即回返大陆投入工作。不想"文革"中竟有人不知如何得知他有赴台一事，写出大字报要他坦白交代。他正在考虑应付之策的时候，某一日，在科教口的刘西尧同志突然找他谈话，说："你奉命赴台的事，组织上早已清楚。"要他们不许再纠缠此事了，所以顺利过了这一关。

他办事从容不迫，有时我甚至觉得有些太拖沓。比如他的一位亲哥哥居住台湾，"三通"之后，这种关系赴台探亲易如反掌，他办理有关手续，却是拖拖拉拉，以至于我多次赴台开会或讲学，他却只是托我捎带东西看望他的亲人。他在台的亲侄子也来北京拜谒过他，他自己却一直没能迈上台岛一步，我都非常替他抱憾。

不过要是帮别人办事，凯舅的风格又迥然不同。一次给我打电话说，有个朋友之子是某大学研究生，正撰写学位论文，急需参阅一篇民国文献，大陆不好找，能否托人在台湾找。我刚好有个学生是淡江大学的教员（当时还不是教授），通过电话拜托，很快找到并复印寄来给我。我迅即交他，他马上就送到该大学去给这位晚辈。

至于他为自己办赴台探亲这样重大的事动作缓慢，还有一个重要因素是舅妈长期身体虚弱，患有数种慢性病，凯舅伉俪情深，总担心独自外出会影响舅妈的心情和病情。其实他自己也有前列腺等方面的毛病，就诊也是拖了又拖。由于凯舅的精心呵护照顾，舅妈缠绵病榻多年（曾因起夜摔倒大腿骨折）竟能以近九旬的高龄谢世，实属难得了。

舅妈走了之后，"乖乖女"征征对老爸更是细心周到加以照顾。她和陶小年小两口曾陪侍凯舅去了一趟上海、杭州旅游，凯舅也感觉良好，在外地的一个晚上，我们还通过一次电话。没想到返京不久即欠安住院，说是胃部病变，可能是癌症。不久即不能进食，我数次上医院探望，见他精神一直不错，一次还带着儿子去看望舅公。他很高兴，还说想读当代史学家赵俪生的回忆录，要我设法找来。我不日即在潘家园书摊买到，是一部赵俪生夫妇合著的回忆录，打算过几天送去。

一天下午正想上医院看望，不料电脑上接到一个急件，是上海某语言文字报采访我的稿件，要我即刻审读即刻发还，我只好先予办理。不久接到征征的电话，说是凯舅刚刚已经平静辞世，小年正在赶来。因急件尚未处理完毕，我就没有离开。等到当天晚上他们过来告以详情，说是遗体已送八宝山冷藏，次日下午与闻讯而来的我五舅（凯舅的发小、一生的挚友）的女儿翁广平一起上八宝山太平间谒灵，见凯舅遗体躺在玻璃棺里。当天上午我回顾凯舅一生，觉得他可谓既是仁者，又是智者，是对于中国传统道德崇尚的仁、智两方面都有深湛修炼的令人可敬的长者。所以用宣纸写了"仁智双修"四个大字，覆盖在玻璃棺之上，并与遗体合影留念，以此向遗体告别。

遗体定于春节假期期间火化，很不巧的是那年春节儿子两口子要回儿媳的甘肃庆阳老家完婚，我作为婆家代表不能不去，而且机票早已定下。所以我竟未能送凯舅最后一程，只能托征征把那本《赵俪生回忆录》送去一起火化，让他在天国里从容阅读吧。

虽然后来与征征、小年一起去天寿园陵园办理并举行了凯舅夫妇骨灰的入葬手续和相关仪式，但至今想起凯舅，仍为他辞世时自己未在他身边，同时又未能送他最后一程而深感遗憾和愧疚。

至今若是遇到什么好书、难得之书，仍然常常感慨：要是凯舅在，和他一起阅读共赏，该有多好！可惜，逝者已矣，时光再不能倒流了！

凯舅生于1927年10月，卒于2018年2月，享受九十一岁耄耋高龄，也算是"仁者寿"了。

刘世凯一家与作者的合影

王传森先生

这篇的主人公并非大名人,但却是对我的人生有过重大影响的人,是我的又一位忘年之交。

大概是1958年前后,我小学还没有毕业,从小长大的住宅里搬来了一家租户——那时因弟兄及妹妹都小,所需居住空间有限,所以还能腾出一两间空屋出租以贴补家用——只有母子两个,老太太我们叫她"婆婆"(对祖母辈女性的尊称),儿子姓王,名传森。父亲吩咐要叫他"传森叔",他出生于1928年,比我年长十八岁,应该可以算是长辈了。

那么那时他也不过刚刚而立之年,现在看来还是个年轻的小伙子,但在我眼里,可是十分老成持重。他知道的东西可真不少——主要是读书多,又健谈,我和他特别谈得来,所以很快就亲近了。传森叔性格爽朗,风趣诙谐,嗓门也大,经常听到他的朗朗笑声;脾气也很好,与我们一家相处甚为融洽。

他也喜欢传统书法,对我经常加以指导;自己也时常临池,随便写两笔时,如今来看还是很有功力,不同凡响的。

他最大、最突出的特点是洞达人情世故,尽管年纪不大,却对社会正负面看得一清二楚，平居好评论人物世事，无不理性深刻，令人佩服。他好像是在一个不大不小的医药类企业上班，是单位的业务骨干，工作勤勉称职，工资七十多元，那时算是不低了。又是单身，赡养老母的开销也不大，所以常有闲钱可以买书、玩字画、寿山石等等。他说单位原是可以分他房子的，但是遭到他的婉言谢绝，他可不想住单位宿舍，因为那样就丧失自己的隐私权了。他不愿意让单位的人知道他的业余生活和兴趣爱好，所以来家的客人多是亲戚、发小、志趣相投的朋友等，基本上没有单位的同事。

所以他的生活散淡闲适，但是绝对丰富而且不失高雅。读书面广而杂，无所不窥，还是趣味当头，比如喜爱明人小品如陈眉公、张岱，尤其张潮《幽梦影》一类。常常称赞并搜罗某种"国学珍本丛书"，但甚为难得，所以所藏不多。这也影响了我，以至于"文革"中我在北京"破四旧"时，看到一板车一板车的这类"珍本丛书"拉着送去废品收购站焚毁，真是肉疼之至。

他特别爱读所谓"禁书"。中国读书人历来追求"雪夜闭门读禁书，不亦快哉"的境界。禁书无非两大类，一类是政治性的，像历代"文字狱"涉及而遭禁的多属此类，清代乾隆借编纂《四库全书》之机就查禁销毁了不少有碍其统治的书籍，以至鲁迅说"清人纂修《四库全书》而古书亡……"（《且介亭杂文》）另一类即有色情（如今叫作"情色"，似乎程度缓和一点）内容的，即俗称"淫书"。历来统治者，尤其是西方教会类机构皆视为洪水猛兽，其实大多别具有益价值，如中国白话滥觞时多见此类作品，有很生动新鲜的口语化成分，以及真实而深刻反映社会风尚、经济状况等等。我后来知道有不少严肃的学者也重视寻觅、搜集并阅读此类"禁书"，前些年较有名的"思无邪汇宝"丛书，就是法国国家科学研究中心编辑出版的，是很正规的学术行为。我接触过的一些港台和国外的学者，也都以收藏此类书籍为乐事并自矜。

但是毕竟有着"少儿不宜"的规矩，所以传森叔到我上大学后，才告诉我，他藏有石印本线装的《金瓶梅》，后来还出让给我了。

60年代初我上中学时，一次他十分高兴地告诉我：买到了一部刚刚出版的《十日谈》，是意大利启蒙时代作家薄伽丘的作品，非常有名，多年以来在许多国家都是禁书，没想到现在我们这里可以出版了（内部发行）。这是一部我从来没有接触过的书，是揭露与讽刺中世纪基督教会腐败与愚蠢的名著。多年以后与一位北大中文系的中学老同学交谈，他居然都没有听说过这部书，这使我大为自豪并感慨。

传森叔终于几乎没有任何声张地结婚成家了，他的妻子我们自然叫婶婶。她那时中学毕业没几年就出嫁了，与传森叔结合就是俗谓"老夫少妻"，所以头些年磨合期里，感情不是很好，不时有口角争吵。已经有了女儿叫王芳，小名芳芳。两口子一吵架，孩子就哇哇哭，我就赶紧过去把芳芳抱走哄她别哭。但是后来他们的关系就逐渐改善了。婶婶还努力钻研厨艺，一次我回福州时，招待我一道家乡名菜：鸡汤氽海蚌，就是把一种大海蚌的肉片得极薄，浇入滚烫的鸡汤，鲜美无比。以后也有朋友招待，甚至在酒店里吃到此菜，但似乎都比不上第一次的好感觉。

1965年夏，我从福州一中毕业。填报志愿时，前六个都是位于北京的大学。传森叔十分支持和赞成我这样做，说："福建人就要外出才有出息，'闽'字里面不过是一条虫，只有去外面才有可能成为一条龙。"并且举了福州名画家陈子奋的例子：当年徐悲鸿来福州，见到陈子奋（人们多尊称他"子奋伯"）的篆刻、绘画作品，大为倾倒，强烈建议他北上，去南京（那时是首都）或北京（那时叫北平）发展，必得大名，窝在福建则前程有限。但子奋伯考虑老母在堂、不谙官话（普通话）等因素，难舍故土，所以终究只是驰名家乡，国内知名度则比较有限，不少人为此替他惋惜。我后来客居京、粤数十年，至今仍是他乡游子，成就也极其微小，但毕竟眼界较为开阔，工作平台较大，所以觉得总的看来人生路子还是走对了。这里也难忘传森叔的鼓励之功。

"文革"前夕，传森叔搬家了，搬到了三坊七巷的光禄坊刘宅，同样是租住。房东姓刘，祖上是福州非常有名的大实业家，第一个把电灯引入福州，所以号称"电光刘"（福州话称电灯为"电光"），宅第宏大，横跨光禄坊与文儒坊。不过他所租居也只有一大间，只是我第一次"文革串连"回家看望他时，已经又添了个女儿叫王庄（婶婶姓庄），十分活泼可爱。有个张姓邻居，后来出了个围棋女国手张璇。

　　传森叔对"文化大革命"很是反感，说1966年是阴历丙午年，历史上早有丙午、丁未会有"红羊劫"之说。我闻所未闻，听了吃惊，后来还特意翻检史籍，查实历史上确有此说。以后见到杨绛先生所著《丙午丁未纪事》，对其书名及其寓意就不那么茫然了。由此我更增加了对中华传统文化的敬畏之感。聆听传森叔对"文革"的批判与讽刺，也使我头脑冷静，不至于参与那些无法无天、毁灭优秀文化的坏事、蠢事。而这对处于当时极"左"思潮蔓延下的年轻人是非常难免的。至今思之，我很感谢传森叔。

传森叔书迹

　　传森叔由于长年的单身生活，不习惯家庭生活的过分束缚，所以背着婶婶搞了"小金库"，但从来不干龌龊之事，无非只是用以满足个人一向的兴趣爱好，如字画、碑帖、寿山石等。1970年前后，"文革"开始进入尾声，京师的书肆开始内部开放，可以买到一些"文革"前乃至解放前出版的旧碑帖，不再作为"四旧"看待了。传森叔于此十分敏感，马上来信请我在琉璃厂书肆帮他物色、采购这类"宝物"，并不时汇款，当然来自"小金库"。此事正是投我所好，自然乐此不疲。通过帮他选购碑帖，增长了不少有关知识，自然也遇到许多问题，日后天赐机缘，我结识了国学大师、著名碑帖专家启功先生，得以宣泄我这方面的感受与疑问，亲承启先生的教诲。这已另文写成回忆录了。

启功先生赐予我的诸多墨宝，我也带回老家给传森叔看。其时先生开始出名，老家一些前辈也光临舍下观赏，印象深的有著名老中医吴味雪先生等。我还由传森叔自己挑选，移送他两幅启先生的行草，书于60年代初期先生中年，都是精品。以后也还陆续送出若干（如好友结婚），这也是听从了启先生"戒之在得"的教导，故有此等之举。

"四凶"揪出，"文革"完结，改革开放，书刊弛禁，能读到以前读不到和不让读的许多书。尤其是《读书》杂志创刊，提出"读书无禁区"的口号，对我和传森叔这样嗜爱读书的人，真是快莫如之！

传森叔与作者的合影

但是传森叔饱读诗书，博涉金石书画，可谓满腹经纶，却几乎毫无述作，没有一丝"成果"问世，颇有先秦诸家中的杨朱之风，超然物外，这是我不大赞成的。但是中国传统士大夫虽然多具"以天下为己任"的社会情怀和人生追求，不过同时又常有"苟求生命于乱世，不求闻达于诸侯"的豁达心境，如同许由即使遇到尧那样的明君也不愿与之合作，留下"污耳"的典故。汉朝建立举荐制度以来，多有德才兼备的高人被辟而不就者，所以历代存在这类高人奇士，并不罕见。

传森叔其实应该算是一位隐逸于闹市中的高人，但他认为自己资质凡庸，自号"王凡"，并请人刻有数方"王凡"之印，充分体现了他的人生态度与处世风格。这一点我与他不敢苟同，我是希望自己能有所作为，为社会、为学界做一点抛砖引玉、添砖加瓦的事情，所以尽管也自认凡庸，不愿高调张扬，但也从来不敢懈怠而已。而且将犬子命名为子凡，也是希望他一生平安，宁可平凡度日。这多少是受了传森叔影响的。

传森叔后来又搬过一次家，也是租住南门兜的一套三居室楼房，虽然宽敞些，不过却在五层。这样就让依然健在而勤劳的婆婆给"关禁闭"了，因年迈无法上下楼，不久也就弃世了。在这里，当我父母双亡之际，有一次传森叔请我去做客，曾与他畅谈彻夜。

可能是因为多次搬迁租房的缘故，传森叔渴望能有一个属于自己的寓所。后来房地产业兴起，终于实现了这一夙愿，买下一套一百五十平米的大房子。以他的高雅趣味精心设计装修，完工之后，我曾经参观甚至应王芳姐妹之邀做客小住过。但是最最遗憾的是，此时传森叔已然作古，他竟未有住进自己房子一天的福分，真是令人慨叹上天之不公！

90年代起，传森叔即感身体欠佳，以为是缺乏活动的缘故，所以几乎天天外出锻炼，一般是上居处附近的乌石山练气功、打太极拳等。但不久被诊断罹患肝癌，他依然乐观、开朗如昔。我们几个相交多年的朋友，如王润荪、陈达、石开等，也常去探望他。其时他因文史艺事方面博闻多识，见解高超，在福州已然颇有名气，人们多以"传森师"尊称之。我那时已奉调中国社科院语言所，而且随即进入所谓领导班子，业务、行政双肩挑，常年忙得不可开交，有几年甚至无法得暇返乡。只是十分挂念传森叔，一次还汇去五千元，聊表心意，贴补他养疴之需。1998年春末，我得知他已病入膏肓，即将不治，于是不管任事，专门请假回福州看望。

数年不见，我大吃一惊：他已病得皮包骨头，整个人已萎缩变形，再不是精神抖擞、乐观爽朗的模样了，可以说已随时进入弥留状态。我无限悲痛，但不敢让泪水淌流而出。他见到我，露出微笑，说是不妨事，不必太担心，还吩咐婶婶取来自己收藏使用的多支毛笔，送我留作纪念。王芳伺侧，不断用棉球沾水润湿他干涩的嘴唇。我数次前往探望，最后劝说：病况至此，您务必放开心境，勘破生死关口，一如平生之理性豁达。他已说不出话，只是频频点头。我因请假时间有限，只能依依告辞，知道已是诀别，也无可奈何。果然，甫返京师，即传来传森叔已归道山（农历四月初六）的噩耗，悲伤之余，庆幸自己终于与他见了最后一面。

传森叔谢世已然二十多年了，但他清澈爽朗的笑声仍然时常回荡在我耳边，那风趣幽默而见解深刻的谈吐也一直难忘。每每得到一部好书、奇书的时候，总会想到：要是传森叔在就好了，可以一起品味欣赏。但是这种遗憾，已经再也无法弥补了！

我的忏悔
——纪念邹海澜老师

　　本文和本书其他缅怀文章不同,更多的是写我的忏悔,忏悔自己在年幼无知时受到极"左"社会思潮的蛊惑,竟然以笔为刀,极大地伤害了一位无辜的女老师。

　　她叫邹海澜,是我母校福州一中的外语教师。五六十年代,学校通行的都是俄语,英语被弃,想学而不得。

　　海澜老师是我们高一时才来到班上的。她长得很漂亮,业务水平很高,所以也给人一种孤傲的感觉。家兄与她的弟弟同是一道学画的好友,所以我比其他同学更多的知道海澜老师的情况。据说她的父亲于解放之初被"镇压"了,她渴望改变因此而受政治歧视的地位。由于具有姣好外表的资本,可以通过合适的政治婚姻(如找个"高干")得以实现,所以在这方面悬格较高,以至三十多岁还是孑然一身,在当年已是很引人注目的老姑娘了。

　　邹老师教学认真,对学生要求严格,如注意课堂纪律等等,这样引起一些调皮淘气学生的反感,有的就故意跟她捣乱。我上高一后,结交了一个从外校初中考进一中的陈生同学，他长得清秀，活泼伶俐，显得也小，我一见他就有"可爱的弟弟"的感觉，他也倚我为兄长。他家住妙巷，离学校近，我常上他家去。他家境清贫，应该属于城市贫民一类，父亲已故，只有病病歪歪的母亲。我初见到时，已经罹患不治之症（记得好像是喉癌），不久就到了晚期，不能进食，煞是可怜，令人同情。一次她等于托孤似的要我以后好好照顾陈生，我答应了，所以以后对他又多了一层"保护者"的感觉。

这位陈生，不知怎的特别要和邹老师过不去，上她的课经常制造事端，我怎么规劝也无济于事。现在想起来，可能可以用弗洛伊德的性心理学学说来解释这个现象。陈生屡被邹老师严厉批评，师生矛盾越来越深。学校也介入，竟至给了陈生"勒令退学"的处分。出于对陈生的同情，我难免对邹老师产生反感，认为她对学生太苛刻了。

1965年，母校福州一中在当时社会上普遍弥漫的极"左"思潮影响下，因为一桩很小的"笔墨官司"，竟闹出一场起码轰动全省教育界的"大字报运动"，等于是次年正式开张的"文化大革命"的预演。虽然没有停课，但学校里是漫天遍地的大字报，大家争相"爆料"学校及老师的种种问题。在省委及教育厅的疏导之下，"大字报运动"得以平息，学校恢复了正常秩序，我们也如常温书复习，投入高考。

"大字报运动"中的一天，我贴出一张"批判揭发"邹海澜老师的大字报，竟然说她"怀有阶级仇恨，报复贫民子弟"，举的就是陈生的例子。（原文已忘，大意如此）

后来听说邹老师被调出了福州一中，到一个县中学去了。我想一定是这张大字报使邹老师在一中难以立足，伤及至此，真是罪莫大焉。听到这个消息，当时心中也很不安，满怀歉意；但是时间一长，竟慢慢有些淡忘此事了。

我考入的是北京师范大学，之后的将近十年，自己在"文革"中也是历经坎坷。90年代初，我的恩师王于畊王厅长不幸谢世，我写了一篇怀念文章《心香一瓣忆人师》,登载在《福建日报》上。

有一天,我突然接到一封信,一看,是邹海澜老师写来的。原来她看到我那篇文章,得知我已在中国社会科学院语言研究所工作,于是写信到我单位。信中介绍了她这些年的简况,倒也没有什么火气和严厉的责备,只是问我:"你为什么要写那张大字报?"

刹那间回忆苏醒,想起了那张可以说是该死的、罪孽的大字报,我怎么可以这样伤害一位善良而无辜的老师?!我真是其蠢无比,这是我此生所做过的最不可原谅的坏事了!

我不敢怠慢,赶紧回信,痛痛快快作了检讨和忏悔,也汇报了我的近况。邹老师又回信,原谅了我的过失,说是年轻幼稚,错误难免。并且说当年对她父亲的处理属于冤假错案,现已彻底平反。因为父亲被公认为家乡著名书法家,现在已出版他的书法作品集,不日即寄来一本《邹锡沅书法集》。

此后我和邹老师不时通

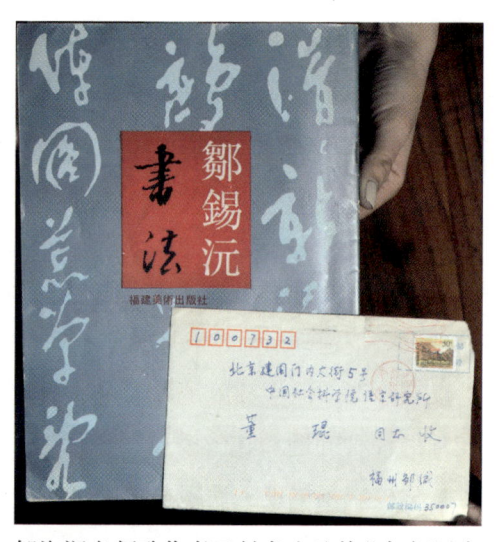

邹海澜老师致作者函封书迹及其父邹锡沅书法册

信,告知各种近况。1997年年底,她来了一信,报喜又报忧:

> 这一年我过得有喜有忧。喜的是添了孙子,升级当奶奶了;又搬了新居,面积有125平米,有一个大阳台,使我特别满意。忧的是四月份我大病一场,具体地说是患了胃癌,动了手术(胃切除2/3),术后恢复还不错……

邹老师罹患癌症,使我十分担心和挂念,旋即去信安慰,祝福早日康复。她的心态很好,不日回信说:

对于病，我会尽力治疗，同时也想得开："文革"中没有被整死，已多活了三十几年，可以了，所以情绪一直稳定。目前精神与饮食状况都不错……

但是癌症毕竟是无情的，残酷的。刚刚进入21世纪的新纪元，我突然接到一封署名"陈声政"的信，告知："我妻邹海澜久病医治无效，已于2000年4月6日上午10:55分去世。"（此讣告信遗憾未述邹老师生年）

心性善良达观、热爱生活的邹海澜老师与世长辞，我也十分悲痛，只能祈祝她一路走好，天堂安息！

岁月倥偬，时间又过了二十来年，我依然怀念邹老师！尽管她生前对我的过失施予原谅，我却依然不能彻底祛除我的负疚之情，所以在这个集子里特意加入这篇忏悔文章，昭告世人我曾经做过的这桩不堪的蠢事、坏事！

邹锡沅书迹

陈 英 先 生

  1990年，在北京的母校福州一中校友酝酿成立北京校友分会，牵头者是1952届的校友叶心瑜老大姐。几次筹备会都在她介绍我们认识的老校友陈英先生家里碰头，这样我就结识了陈先生。

  陈先生是福建建瓯人，1920年出生。早年曾在福建省立中学（即现在的福州一中）于抗战时期搬迁到建瓯的新校就读，所以算是我们母校1938届的学长。随后投笔从戎，出外参加革命，历经抗日战争、解放战争、抗美援朝战争，屡立战功，后授衔共和国少将。我们认识时，他已退居二线，任北京军区后勤部顾问。我们当面、背后都称他为"陈将军"，虽然他显得十分斯文儒雅，丝毫没有赳赳武夫的模样。

  他住在东城著名的翠花胡同。由于自幼喜好中国传统书画艺术，60年代后，因为身体状况欠佳，常年病休，有时间、有条件进行书画作品以及青铜器、瓷器等艺术品购藏工作。那时有志、有心于这方面的人不多，而且价钱相对低贱，所以收获颇丰。"文化大革命"期间，由于他的军方背景，没有受到社会上的冲击、干扰，家居京城中心地带，颇为宽敞，还有专门配备的炊事员，所以他的住家成为京内外诸多书画家乐于前来聚会雅集的场所，鉴定品赏，挥毫泼墨，亦是常事。因此可以想见他的古今书画作品收藏，无论数量、质量，都是难能可贵、居于一流的。他将家居命名为"积翠园"，自号"积翠园主"。

他的夫人金岚，不多说话，十分和蔼、谦和。她也是一位老革命，同时理解和支持他的书画购藏。老两口虽然较之一般百姓收入不算低，但是为了书画收藏，也是常年可谓节衣缩食，省吃俭用。

我们结识不久，陈先生就说："我要给我的收藏品找个好的归宿。它们来自人民，应该还给人民。我准备把它们都捐献给老家福建。家属子女们也都支持，现在正在办手续。"

他多年收藏的宋元以来历代书画作品，有不少是精品、孤品，如宋《寒林归牧图》（无款）、元《山水画轴》等，明代董其昌、祝枝山、文征明以及清代朱耷（八大山人）、扬州八怪、任伯年等人的作品就更多了，近代的康有为、于右任直至现代的溥儒、徐悲鸿、齐白石、傅抱石等等，不胜枚举。积翠园中的座上客如李可染、吴作人、刘海粟、沙孟海、启功、林散之、黄胄、吴冠中等，都是当代一流的书画界大腕巨擘。他一共收藏有六百余件书画珍品，以及数目可观的青铜器、瓷器等，其文物价值、艺术价值、经济价值均无法估量，但陈先生一件不留，于1991年4月全部捐给福建省人民政府。省政府极为重视，聘请有关专家在省会福州最精华的景点——西湖风景区精心设计、建造了一幢"福建积翠园艺术馆"，妥善安置了这些艺术珍品。

更加难能可贵、令所有人感动的是：省政府和国家文物局为陈先生一家的壮举奖励一百七十万元，这在当时可谓是一笔巨款。但是陈先生同样毫不犹豫，悉数又捐献出来，用以发展家乡的文化教育事业，其中一百万元作为"福建积翠园艺术基金会"的创立基金。

文物出版社于1994年，为陈先生的这些藏品专门出版了两巨册精装本的《福建积翠园艺术馆藏书画集》，由启功、徐邦达分别题署，精美至极。

有一天，校友们聚会结束后，陈先生叫住我："董琨老弟留步，送你一样东西！"说着递过来，我接过一看，沉甸甸的。正是这两本书画集！打开来，扉页上还有洒脱异常的毛笔题字：

董琨学友存念

　　欣赏书画，心旷神怡。

　　健康养寿，友谊长存。

　　　　　积翠园主陈英题

印章两方："积翠园主""陈英"，均为阴文。

这真是何其珍贵的礼物，何其诚挚的心意！我拿回家后，赶紧珍藏起来。

1998年9月，陈先生谢世。我在闻讯之际，更感到这两本带有陈先生手泽的纪念品之难得与可贵了。

陈英将军赠作者书迹

哭 杨 森

  在春日载阳的京都，在与师友欢乐聚会的时刻，突然有如一声霹雳——我竟听到了你已不幸谢世的噩耗！但那只是非直接的传闻，详情不得而知。回家之后，赶紧给最有可能知道你近况的大展同学打电话。他也还在国外，家属也没听说。于是我整个夜晚几乎都在不眠中度过。

  我预感到这个传闻可能是真实的，因为近年来好些封信你都提到身体欠佳；而且近几个月来，我连续两封信给你而未见回音，这种情况在以往是从未有过的。但我又是多么盼望这只是个善良的讹传！因为如若真有此事，宁基何以能不告诉我呢？

  今天中午在宿舍传达室的窗子上，赫然看见一封笔迹酷似你的异邦来信。我的眼睛猛然一亮，以为是你的手书，欣喜欲狂，屏住了呼吸，竟顾不得马上把手伸进窗子取信，只是痴痴地隔窗端详着信封。随即我的心又沉到了最底最底：我看出那笔迹仅是酷似于你而已，飘逸秀爽之中，带有女性的纤细。这正是宁基的笔迹！这正是一只报丧的飞鸿！

  哆嗦着双手，捧读完了这封信。倘若不是头一天的传闻，使我思想上多少有所准备，否则这消息恐怕登时能把我击倒在地上的。

杨森，我的好同学，我的好朋友，我的好兄弟！你竟然在方才四十六岁的英年，客死于异国他乡；你竟然在你我暌离将近十载，有望即将重逢的时候，撒手西去不归了！

我比你痴长一岁，你每封信中都那么亲切地称我为"琨哥"，我也就坦然地称你为"森弟"。在我们相识的三十多年间，我何尝有一刻未曾把你当作自己最好的朋友和兄弟呢？

由于相差一个年级，你我不管有无本义上的同窗之谊，但是我们都是在三牧坊的琅琅书声中，在校园的大榕树和白玉兰浓荫的呵护下长大的。福州一中既然同是我们的母校，一母所生，岂不就是不折不扣的同胞兄弟了吗？

当然，更其可贵的是我们共同的志趣、追求与爱好，那是经历了何等严酷而漫长的淬炼的菁华！

似乎还没有来得及从容地告别纯真的少年花季，我们这一代就不得不直面生活的狰狞和磨劫的深渊。我有幸搭上了"文革"前的末班车，迈进了高等学府的门槛，虽然不及一年，就被打入了"留待运动后期处理"的另册。而你，则由于"右派"家庭的印记，理所当然地也沦为社会的贱民。少年人用各种天真的幻想编织的蛛网，随即被那疾风骤雨和无情巨手粗暴地撕了个粉碎。这种稚嫩的蛛网的被撕毁，在亘古难再的浩劫中，是多么的微不足道啊！

然而，我们都是勇敢而勤劳的小蜘蛛，依然顽强地重新编织着人生的奋进的梦。你一如既往地刻苦钻研被视为"资产阶级货色"的英语，后来到了在全市四处摆擂台比试英语水平的地步（当然，大抵只在同龄人之间）。当你向我描述"打遍福州无敌手"的战绩时，你朝气蓬勃的脸庞上闪耀着何许激动的欢欣！我则抛弃了原本的理科生物专业，一头扎进"罪恶之渊薮"的古书堆，偏要到古老的华夏历史中去求索对现实不解的答案，去获得战胜民族虚无的狂飙的助力。

我俩共同的爱好，最突出的是音乐。每当我回到家乡古旧的祖宅，你来看望我时，总能从你那泛白的帆布书包里，神秘兮兮地掏出一些唱片：贝多芬、莫扎特、比才、门德尔松……柴可夫斯基如泣如诉的《船歌》，百听不厌的印尼民歌《宝贝》《星星索》……当然，还有后来我们从头到尾能背出每一个音符的国产小提琴协奏曲《梁祝》。你告诉我：由于偷听外语广播，你深知地球表面的大气层中，每一分钟都在此起彼伏地飘浮着贝多芬的旋律；你告诉我：每每令人心醉的"华彩乐段"的英语发音是"卡登沙"（cadenza）……

就这样，我们在打发着无所作为的青春的时光；而同时，我们又从人类千百年来的历史文化遗产（尽管经受了熊熊的烈火，它依然在地下舒展着庞大的根系，滋补着干渴的青少年）中汲取了巨大的力量。我们那时都是不名一文的穷学生，然而我们在精神上却无限地富有。

终于，我们也都到了必须脱离校门，自己去搵食谋生的时候了。我被"工宣队"内定为"要分配到最差的地方"，而贬谪到一个"鸡鸣三省"的山沟中学去"坐拥皋比"，大摇其不敢误人子弟的木铎。不过好歹还能领到薪水，尚无冻馁之虞。而你，却连此等待遇亦无有，还是农业户口，只能在郊区生产队劳动，用牛粪种蘑菇，上街拉板车。即便如此，你仍然把30年代的文学作品读了个遍，同时，你的英语水平在锲而不舍中日见精进，达到运用自如的地步（起码我以为是这样）。我则多少读了点《十三经》《诸子集成》之类。此外我们的涉猎大致相同。我们共同钦佩于鲁迅对中华国民性的仍具惊人活力的深刻解剖，也共同为约翰·克里斯多夫的高尚情操而潸然泪下。在我寒暑假返里省亲的短暂日子里，我们总有说不完的志投意合的话语。感谢我那已故的善良的母亲，她从不嫌厌你这位衣衫褴褛的年轻人，屡屡热情地留你和家里人一起用餐。虽然家境清贫，难为丰馔，但是那种难得的"友于之情"，其乐也融融啊！

在那边僻闭塞的山区索居独处，我最大的梦想就是调回家乡，和你这样的朋友相濡以沫，朝夕切磋，此生足矣！孰知此道之难亦难于上青天。在绝望的日子里,我不止一次认真盘算着:扔掉这个鸟饭碗,回家和你一块拉板车。但是,我的弟妹们尚未独立,我负有每月寄钱贴补家用的责任,这一步也不是轻易可以迈得出去的。

记得在这前途迷茫的蹉跎岁月里,有一次你坚定地向我断言:"将来总要凭本事吃饭。总有一天,我们现在学的这些知识会不够用的!"这对我有如醍醐灌顶,激励我更加努力。可悲的是,你的这些话后来终于在我身上应验了,因为如今我愈益痛切地感受到自己学识的粗浅和不敷运用。

历史的列车终于又驶进了它应有的轨道。是非臧否、正邪用废的种种社会观念也重新就位了。我们都已过了而立之年,开始了人生的腾跃。我一如既往地回到大学,却研习起古代汉语。你则来了"三级跳",从本省本科、京师研究生到留洋博士,从事的是最尖端而前程辉煌的专业——机器翻译、人工智能。

我们同样地也都拥有了幸福的爱巢,同样地将及不惑之年而晚来得子。作为经历坎坷的慈爱的父亲,你我的舐犊之情也是那么一致。多少封信里,我们描述与探讨中国和美国教育的异同优劣。在你笔下的小继昂已然深秉西方孩童的品性,敢于提问题把老师难倒;而我的小凡凡却只敢于考问他的父母和外公外婆。另外有趣的是:继昂喜欢东方的葫芦娃,小凡凡却着迷于西方的变形金刚。这是不是儿童认知领域中的一种逆向移位呢?

不过,从你的来信中,我愈来愈领略到你的忧郁,你的在异国他邦无法化解的思乡情结、事业情结以及东方文化情结。

你说,中国人在美国,犹如油之于水,并不能融进那里的白人社会。在爱荷华,"清明安静,居民典雅",还能读到不少中文书;在洛杉矶,则感到商业气息的纷嚣,充满铜臭;在南卡州,更是因缺乏中文书籍而憋闷不能自已。

1991年5月1日的信,你以这句话作结:"我梦中常常在三牧坊校园里漫步，不尽的回忆。"何等的韵味深远绵长！

1993年4月6日的信中，你说道："在我的印象中，福州依然是五十至七十年代的阴雨小巷的寂寞城市……我希望福州变成安静的南方文化古城。"你并且对我有一个正式的建议："北京有些人写北京的风俗，郁达夫到福州时也写了一些游记和风俗，我们是否也可动笔写些福州五十至六十年代印象？很多东西是值得写的，它的读者是福州人，特别是台湾和海外的福州人。你觉得值不值得试一试？"

你多次托我大量觅购国内出版的各种精品图书典籍，从《论语》到《管锥编》，从《浮生六记》到林译小说，从梁实秋、林语堂到冯至、季羡林，从毛泽东的传记到王洛宾的民歌集……

对于故乡和母校的恋情，在我久作长安客的生涯中，也是无时无刻难以去怀，浓得化不开。所幸的是，这里还可以发起搞一个校友会，我将有关的各种消息随时奉告，使你精神上成为我们校友会的远方成员。你还索阅《三牧通讯》，盼望校友总会惠寄，要我转告母校，说你"不是坏学生"。你的许多信简直使我酸鼻，使我心中望断的秋水泛起阵阵的涟漪。写家乡，写母校，何尝不是我的夙愿？只是迫于生计和俗务，目前无法多所投入而已，我只祈望我俩将来能互通声气，以完此愿。

只有购书，对我是乐此不疲。对于我寄去的，你说，"每一本书都值得一读"，"给我寄来的书都看完了，我现在又来信催你再给我买些你认为好看的书，值得一读的书"。你简直就是一大块干涸的海绵，贪婪地将中华文化的汁液拼命吸吮，吸吮得再多，也没有个够的时候！我简直来不及为你供应书籍！

如此这般，很自然地，近年来在你的笺札中，逐渐弹奏出了"归去来兮"的旋律。我当然随时加以响应和鼓励，因为我深知你这种气质的人，是只适宜植根于中华文化的沃土之中的。梁园虽好，不是久居之地。同时我也感受到你的返国乐章中的诸多不谐和音，你在迟疑和犹豫。这同样是我万分理解的：宁基修业未毕，孩子入学甫始……更主要的是对国内环境不适应的担心,因为你是从来没有在我们这个大地上的所谓"工作单位"之中正式待过的,以你的清高、孤傲和耿直,自然是需要一番修炼的。况且在你周围的相识中,劝你"且莫归去"的大约是绝对的多数,大家也都是充满关切的好意。诸如此类,我是不应勉强你的,话也不敢说得太满。

终于,去年你下了决心,给寄来了一份简历,嘱我代觅接收单位。条件并不高:专业对口、带有煤气的住房。接信之后,我先考虑的是最好你能来北京,因为唯有此地国内首屈一指的人文环境与文化氛围最适合我辈生存发展。其次想及我所在的社科院语言研究所,也有机器翻译的专业课题,虽然收入不是太高,然而不必坐班,自控时间多,适合你的身体,我又熟悉单位情况,多少便于随时照应。此外还有更深一层的私衷,就是这样我俩可以更多地见面与交往。下半辈子,快莫如之!

感谢所方求才若渴,愿意接收,只有一个条件,就是来所后能够待满五年(中途可以出国),搞一点项目。我随即打越洋电话给你,你同意了。于是,所方委托我起草致社科院院部的调入报告。可是,所一级是不掌握房子的,像你这样的海外学子归国工作,必得院人事局、科研局、机关事务管理局诸方面会商才行,但人家又不能单为你一个人专门开会,而房子也不是随时可以拿出。于是悠悠十个月过去了,尽管催促再三,依然杳如黄鹤。

我们也都不想"在一棵树上吊死",你要我找致力于机器翻译而新近声名鹊起的陈肇雄博士,并提供了你在海外得知的他的电话号码。可是我白天、晚上打了无数次,从来没有一个人来接。

今年元旦的一次家宴上,向一位新近从加拿大学成回国并在原单位清华大学负点责的远亲,介绍了你的情况,他表示非常有兴趣。于是不日我也给他寄去了你的简历,他回复说那里需要你,房子没有障碍。我欣喜之至,赶紧把这消息告诉你,时为1月28日。我做梦也没有想到,此时你已经作古整整一个月了!

出于经济方面的考虑——毕竟我们都是读书人而非时下所谓"大款"——我们多年未曾通过国际长途电话，只是在返国大计的共商过程中，开始通有电话。1993年4月6日的信中，你说道："收到你的来信，兴奋地打了个电话给你，听到你从睡眠中醒来的声音。我们已近十年不闻彼此的声音了，一旦在电话中听到，我确实很兴奋。"我何尝不是如此？至今思之，还能清晰地在耳朵里重现你的语声，尤其是你表示惊喜的语气。

同年也就是去年11月4日的信中，你还研讨中美教育的差异："中国小孩要阅读好，就要懂很多汉字；美国的孩子会说话，会拼音，就会阅读了，这是美国孩子负担轻。但负担轻，孩子的智力就落后一级，所以孩子上三年级就要学习科学课。中国小孩在小学里精力都消耗在语文上，其次是算术上。汉语能学好，小孩智力又跳上一级。"这番高论，相信许多教育工作者和家长，都会加以首肯的。你在信后又附言："夏天到纽约时，路经首都华盛顿，去东方艺术博物馆参观了新展的艺术品，看到了明朝徐渭的真品（这些国粹落在洋人手里），买了一张明信片，原品也只手帕那么大……明信片装不进信封，等我另买信封再寄给你。"

但是，许久我没有收到你这张印有徐渭作品的明信片。我只能想到你在信的开头所说"下一段我准备在其他州找工作"，以为你们地址变迁了，包括第二封信久不见覆，我仍然只作如是想。殊不知一个月后，你就住进了医院；又过了半个月，你就抱憾谢世，于是你这一封信，就成了给我的绝笔！

我扼腕切齿，痛恨这番邦的庸医：先是使你因拔牙而致脑部感染，继则以抗菌素输液引起你旧疾胃溃疡复发，又诊断医治延误，导致胃穿孔引起腹部大面积感染而终至不治。我认为他们对于黄种人的性命不是看得很金贵，对比我们国内对于"外宾病人"那种格外精心的诊治护理，相去何啻霄壤！

森弟，生活给予你太多的磨难与挫折，把你造就成一位知识精英。磨难与挫折，原可以成为人生的一种资本，创造未来，砥砺后进，然而它的价值的临界点必须是自身生命的存留。倘若失去了生命，这些磨难、挫折就仅仅表露出残酷的面目，对于承受者而言，是过分地残忍了。一个四十六岁的生命，倘若只是锦衣玉食、骄奢淫逸的行尸走肉，自然已经足够，即使早死十年也不为过。但是对于你这样不断奋斗进取的人来说，实在是太短暂、太可嗟惜了。好比花费许多时间磨快的柴刀，仅仅斫伐了几茎枝丫就折断了，实可谓"磨刀误了砍柴工"，为何不能早点开始砍柴而非要无端地耗费磨刀工呢？

我只有责问那冥冥之中之不可抗御的命运了。如果命运能让你早些年拓展鸿图，至今你的事业与成绩，恐怕不会在我们的同乡陈肇雄博士之下吧？而正当你可以报效祖国、大有作为之际，命运始而拗断了你的双翼，继而扼杀了你的生命，我为你遭受命运的如此薄待而大恸！

杨森与作者的合影

看到宁基的信后,我又一次地清理与重温了你的遗札,抑制着盈溢在眼眶中的清泪,来不及整理那凌乱的思绪,只是草就这篇杂忆,权作祭奠,遥祝你的在天之灵安息。

常到我的梦乡中相会吧,我的森弟!

1994年3月23日下午2:00—7:00草稿

1996年5月22—24日整理誊正毕

后　记

　　一个人在他的一生中所遇到、接触到的人，大可用恒河沙数来形容；但是，让你记住并且念念不忘的，能有多少呢？其中能值得书之笔下、写出纪念文章的就更是少之又少了。

　　在这少之又少的人之中，老师则占有绝大多数。这是因为在人类社会中，师生关系是社会伦理的重要一宗，古往今来无论中外皆是如此。尤其在拥有数千年未曾中绝的文明、号称礼仪之邦的中国，师生之道更是得到格外重视。

　　作为凡庸之身，在我以往有限的人生历程中，却有幸接触到许多长者，同时又是贤者、仁者、智者。以他们所具有的人品与学问，理所当然地成为我的老师，得到我毕生的崇敬乃至膜拜，即使他们由于自然规律而相继离开人世往生天国，但他们留给我的记忆，却是永不磨灭。易言之，即他们是永远活在我心中的人，是我时刻缅怀的人。

　　如今我也是望八之身，已趋老迈，不由自主同时也深感义不容辞，要将这些影响我的生命与心路历程的老师们的事迹——当然只是我与之有所接触交往并领略风采，曾沐春风、亲炙謦欬的片段，写出缅怀文章，聊以寄托我微不足道的瓣瓣心香。

这些缅怀的对象，也有个别是我的同龄之友，以其才学与人格，足以使我师事之。

但是所有这些我所毕生缅怀的师长，却基本上缺失我对他们正式的"拜师之礼"（除了我中学和研究生阶段授过课的"本师"），充其量我只能算是他们的"私淑弟子"吧。也许他们（尤其是若干举世公认的大师）的在天之灵，还由于我的凡庸且碌碌无为而认为我并不配列于其门墙，亦即混迹于其众多升堂入室的弟子之列，那我只能甘领冒渎之罪了。

此集的文章，长长短短，即所谓"有话则长，无话则短"。大抵长的，是我先前写就的纪念文章；短的则多为此次编集所新撰，囿于时间和记忆，不能细述而已。

所缅怀的对象，全都是接触、聆教过的逝世者（丁声树先生虽然见到时，已是卧床多年的植物人而无法交谈，但毕竟存有生前的一面之缘）。也有并非大师名流而只是一般的世交长辈、忘年之交或邻里乡贤，但其为人言行，不乏可记可采，所以也都进入我的缅怀范围。

比较值得庆幸、或者说足以构成本书一个特色的，是这些师长大多曾赐我以墨宝，多数未曾出版，我也一直珍藏至今。趁此机会，附文问世，使读者一睹手泽，可倍生亲切之感，也是我对所缅怀者更深一层的纪念。这些墨宝，都是生前的亲书亲赐，有一些可以说还是世间比较罕见的，我能拥有并庋藏，实属三生夙缘也。

最后要说的是，拙作先后得蒙当代语言学巾帼翘楚、我的领导兼好友的社科院原副院长江蓝生同志以及被称誉为"福建语文教育象征"、我中学时代即受栽培并从未中断联系的陈日亮老师赐序，着实使我深怀不胜荣宠之感。此外，日亮老师还请他的好友、也是八闽文笔大家的欧孟秋先生写了对拙著的读后感，我觉得虽然不无过誉之言，却颇具思辨之功，亦足以激励诸如不才之后学，所以征得同意，作为"序三"，同样增辉拙著。现在我体会到：举凡深谙作者及其作品的序言文章，对于一部著作是很有必要的，因为不仅可以增强读者对作品的理解度与接受度，也在一定程度上提高了作品的分量与价值。倘能获得这样的序言，既是作者之幸，也可以说是读者之幸。所以在这里，我除了谨向赐序的三位师友表示衷心的感谢外，也祈盼本书的读者分享我的幸运与喜悦。

董　琨

甲辰龙年暑中于京师潘家园寓所